中 篇 小 说 经 典 系 列

刘慈欣

著

中 国 太 阳

插图本

长江出版传媒 | 长江文艺出版社

CONTENTS   目 录

刘慈欣

水娃从娘颤颤的手中接过那个小小的包裹，包裹中有娘做的一双厚底布鞋，三个馍，两件打了大块补丁的衣裳，二十块钱。爹蹲在路边，闷闷地抽着旱烟锅。

"娃要出门了，你就不能给个好脸？"娘对爹说，爹仍蹲在那儿，还是闷闷的一声不吭，娘又说，"不让娃出去，你能出钱给他盖房娶媳妇啊？！"

"走！东一个西一个都走球了，养他们还不如养窝狗！"爹干号着说，头也不抬。

水娃抬头看看自己出生和长大的村庄，这处于永恒干旱中的村庄，只靠着水窖中积下的一点雨水过活。水娃家没钱修水泥窖，还是用的土水窖，那水一到大热天就臭了。往年，这臭水热开了还能喝，就是苦点儿涩点儿，但今年夏天，那水热开了喝都拉肚子，听附近部队上的医生说，是地里什么有毒的石头溶进水里了。

水娃又低头看了爹一眼，转身走去，没有再回头。他不指望爹抬头看他一眼，爹心里难受时就那么蹲着抽闷烟，一蹲能蹲几个小时，仿佛变成了黄土地上的一大块土坷垃。但他分明又看到了爹的脸,或者说,他就走在爹的脸上,看周围这广阔的西北土地,干干的黄褐色,布满了水土流失刻出的裂纹,不就是一张老农的脸吗?这里的什么都是这样,树、地、房子、人,黑黄黑黄,皱巴巴的。他看不到这张伸向天边的巨脸的眼睛,但能感觉到它的存在,那双巨眼在望着天空,年轻时那目光充满着对雨的企盼,年老时就只剩呆滞了。其实这张巨脸一直是呆滞的,他不相信这块土地还有过年轻的时候。

一阵干风吹过,前面这条出村的小路淹没于黄尘中,水娃沿着这条路走去,迈出了他新生活的第一步。

这条路,将通向一个他做梦都想不到的地方。

人生第一个目标:喝点不苦的水,挣点钱

"哟,这么些个灯!"

水娃到矿区时天已黑了,这个矿区是由许多私开的小窑煤矿组成的。

"这算啥?城里的灯那才叫多哩。"来接他的国强说,国强也是水娃村里的,出来好多年了。

水娃随国强来到工棚住下,吃饭时喝的水居然是甜

丝丝的！国强告诉他，矿上打的是深井，水当然不苦了，但他又加了一句："城里的水才叫好喝呢！"

睡觉时国强递给水娃一包硬邦邦的东西当枕头，打开看，是黑塑料皮包着的一根根圆棒棒，再打开塑料皮，看到那棒棒黄黄的，像肥皂。

"炸药。"国强说，翻身呼呼睡着了。水娃看到他也枕着这东西，床底下还放着一大堆，头顶上吊着一大把雷管。后来水娃知道，这些东西足够把他的村子一窝端了！国强是矿上的放炮工。

矿上的活儿很苦很累，水娃前后干过挖煤、推车、打支柱等活计，每样一天下来都把人累得要死。但水娃就是吃苦长大的，他倒不怕活儿重，他怕的是井下那环境，人像钻进了黑黑的蚂蚁窝，开始真像做噩梦，但后来也惯了。工钱是计件，每月能挣一百五，好的时候能挣到二百出头，水娃觉得很满足了。

但最让水娃满足的还是这里的水。第一天下工后，浑身黑得像块炭，他跟着工友们去洗澡。到了那里后，看到人们用脸盆从一个大池子中舀出水来，从头到脚浇下来，地下流淌着一条条黑色的小溪。当时他就看呆了，妈妈呀，哪有这么用水的，这可都是甜水啊！因为有了甜水，这个黑乎乎的世界在水娃眼中变得美丽无比。

但国强一直鼓动水娃进城，国强以前就在城里找过工，因为偷建筑工地的东西被当作盲流遣送回原籍。他向水娃保证，城里肯定比这里挣得多，也不像这样累死累活的。

就在水娃犹豫不决时，国强在井下出了事。那天他排哑炮时炮炸了，从井下抬上来时浑身嵌满了碎石，死前他对水娃说了一句话：

"进城去，那里灯更多……"

人生第二个目标：到灯更多水更甜的城里，挣更多的钱

"这里的夜像白天一样呀！"

水娃惊叹说，国强说的没错，城里的灯真真是多多了。现在，他正同二宝一起，一人背着一个擦鞋箱，沿着省会城市的主要大街向火车站走去。二宝是水娃邻村人，以前曾和国强一起在省城里干过，按照国强以前给的地址，水娃费了好大的劲才找到他，他现在已不在建筑工地干，而是干起擦皮鞋来。水娃找到他时，与他同住的一个同行正好有事回家了，他就简单地教了水娃几下子，然后让水娃背上那套家伙同他一起去。

水娃对这活计没有什么信心,他一路上寻思,要是修鞋还差不多,擦鞋?谁花一块钱擦一次鞋(要是鞋油好些得三块),这人准有毛病。但在火车站前,他们摊还没摆好,生意就来了。这一晚上到十一点,水娃竟挣了十四块!但在回去的路上二宝一脸晦气,说今天生意不好,言下之意,显然是水娃抢了他的买卖。

"窗户下那些个大铁箱子是啥?"水娃指着前面的一座楼问。

"空调,那屋里现在跟开春儿似的。"

"城里真好!"水娃抹了一把脸上的汗说。

"在这儿只要吃得苦,赚碗饭吃很容易的,但要想成家立业可就没门儿啰。"二宝说着用下巴指了指那幢楼,"买套房,两三千一平方米呢!"

水娃傻傻地问:"平方米是啥?"

二宝轻蔑地晃晃头,不屑理他。

水娃和十几个人住在一间同租的简易房中,这些人大都是进城打工的和做小买卖的农民,但在大通铺上位置紧挨着水娃的却是个城里人,不过不是这个城市的。在这里时他和大家都差不多，吃的和他们一样，晚上也是光膀子在外面乘凉。但每天早晨，他都西装革履地打扮起来，走出门去像换了一个人，真给人鸡窝里飞出金凤凰的感觉。这人姓陆名海，大伙倒是都不讨厌他，这主要是因为他带来的一样东西。那东西在水娃看来就是一把大伞，但那伞是用镜子做的，里面光亮亮的，把伞倒放在太阳地里，在伞把头上的一个托架上放一锅水，那锅底被照得晃眼，锅里的水很快就开了，水娃后来知道这叫太阳灶。大伙用这东西做饭烧水，省了不少钱，可没太阳时不能用。

这把叫太阳灶的大伞没有伞骨，就那么薄薄的一片。水娃最迷惑的时候就是看陆海收伞：这伞上伸出一根细细的电线一直通到屋里，收伞时陆海进屋拔下电线的插销，那伞就扑地一下摊到地上，变成了一块银色的布。水娃拿起布仔细看，它柔软光滑，轻得几乎感觉不到分量，表面映着自己变形的怪象，还变幻着肥皂泡表面的那种彩纹，一松手，银布从指缝间无声地滑落到地上，仿佛是一掬轻盈的水银。当陆海再插上电源的插销时，银布如同一朵开放的荷花般懒洋洋地伸展开来，很快又变成一个圆圆的伞面倒立在地上。再去摸摸那伞面，薄薄的硬硬的，轻敲发出悦耳的金属声响，它强度很高，在地面固定后能撑住一个装满水的锅或壶。

陆海告诉水娃："这是一种纳米材料,表面光洁,具有很好的反光性,强度很高,最重要的是,它在正常条件下呈柔软状态,但在通入微弱电流后会变得坚硬。"

水娃后来知道,这种叫纳米镜膜的材料是陆海的一项研究成果。申请专利后,他倾其所有投入资金,想为这项成果打开市场,但包括便携式太阳灶在内的几项产品都无人问津,结果血本无归,现在竟穷到向水娃借钱交房租。虽落到这地步,但这人一点儿都没有消沉,每天仍东奔西跑,企图为这种新材料的应用找到出路,他告诉水娃,这是自己跑过的第十三个城市了。

除了那个太阳灶外,陆海还有一小片纳米镜膜,平时它就像一块银色的小手帕摊放在床边的桌子上,每天早晨出门前,陆海总要打开一个小小的电源开关,那块银手帕立刻变成硬硬的一块薄片,成了一面光洁的小镜子,陆海对着它梳理打扮一番。有一天早晨,他对着小镜子梳头时斜视了刚从床上爬起来的水娃一眼,说:"你应该注意仪表,常洗脸,头发别总是乱乱的,还有你这身衣服,不能买件便宜点的新衣服吗?"

水娃拿过镜子来照了照,笑着摇摇头,意思是对一个擦鞋的来说,那么麻烦没有用。

陆海凑近水娃说:"现代社会充满着机遇,满天都飞着金鸟儿,哪天说不定你一伸手就抓住一只,前提是你得拿自己当回事儿。"

水娃四下看了看,没什么金鸟儿,他摇摇头说:"我没读过多少书呀。"

"这当然很遗憾,但谁知道呢,有时这说不定是一个优势,这个时代的伟大之处就在于其捉摸不定,谁也不知道奇迹会在谁身上发生。"

"你……上过大学吧?"

"我有固体物理学博士学位,辞职前是大学教授。"

陆海走后,水娃目瞪口呆了好半天,然后又摇摇头,心想陆海这样的人跑了十三个城市都抓不到那鸟儿,自己怎么行呢?他感到这家伙是在取笑自己,不过这人本身也够可怜够可笑的了。

这天夜里,屋里的其他人有的睡了,有的聚成一堆打扑克,水娃和陆海则到门外几步远的一个小饭馆里看人家的电视。这时已是夜里十二点,电视中正在播出新闻,屏幕上只有播音员,没有其他画面。

"在今天下午召开的国务院新闻发布会上,新闻发言人透露,举世瞩目的中国太阳工程已正式启动,这是继三北防护林之后又一项改造国土生态的超大型工程……"

水娃以前听说过这个工程,知道它将在我们的天空中再建造一个太阳,这个太阳能给干旱的大西北带来更多的降雨。这事对水娃来说太玄乎,像第一次遇到这类事一样,他想问陆海,但扭头一看,见陆海睁圆双眼瞪着电视,半张着嘴,好像被它摄去了魂儿。水娃用手在他面前晃了晃,他毫无反应,直到那则新闻过去很久才恢复常态,自语道:"真是,我怎么就没想到中国太阳呢?!"

水娃茫然地看着他,他不可能不知道这件连自己都知道的事,这事儿哪个中国人不知道呢?他当然知道,只是没想到,那他现在想到了什么呢?这事与他陆海,一个住在闷热的简易房中的潦倒流浪者,能有什么关系?

陆海说:"记得我早上说的话吗?现在一只金鸟飞到我面前了,好大的一只金鸟儿,其实它以前一直在我的头顶盘旋,我他妈居然没感觉到!"

水娃仍然迷惑不解地看着他。

陆海站起身来:"我要去北京了,赶两点半的火车,小兄弟,你跟我去吧!"

"去北京?干什么?"

"北京那么大，干什么不行？就是擦皮鞋，也比这儿挣得多好多！"

于是，就在这天夜里，水娃和陆海踏上了一列连座位都没有的拥挤的列车，列车穿过夜色中广阔的西部原野，向太阳升起的方向驰去。

人生第三个目标：
到更大的城市，见更大的世面，挣更多的钱

第一眼看到首都时，水娃明白了一件事：有些东西你只能在看见后才知道是什么样儿，凭想象是绝对想不出来的。比如北京之夜，就在他的想象中出现过无数次，最早不过是把镇子或矿上的灯火扩大许多倍，然后是把省城的灯火扩大许多倍。当他和陆海乘坐的公共汽车从西站拐入长安街时，他知道，过去那些灯火就是扩大一千倍，也不是北京之夜的样子。当然，北京的灯绝对不会有一千个省城的灯那么多那么亮，但这夜中北京的某种东西，是那个西部的城市怎样叠加也产生不出来的。

水娃和陆海在一个便宜的地下室旅馆住了一夜后，第二天早上就分了手。临别时陆海祝水娃好运，并说如果

以后有难处可以找他，但当水娃让他留下电话或地址时，他却说自己现在什么都没有。

"那我怎么找你呢？"水娃问。

"过一阵子，看电视或报纸，你就会知道我在哪儿。"

看着陆海远去的背影，水娃迷惑地摇摇头，他这话可真是费解：这人现在已一文不名，今天连旅馆都住不起了，早餐还是水娃出的钱，甚至连他那个太阳灶，也在起程前留给房东顶了房费，现在，他已是一个除了梦之外什么都没有的乞丐。

与陆海分别后，水娃立刻去找活儿干，但大都市给他的震撼使他很快忘记了自己的目的，整个白天，他都在城市中漫无目标地闲逛，仿佛是行走在仙境中，一点儿都不觉得累。

傍晚，他站在首都的新象征之一，去年落成的五百米高的统一大厦前，仰望着那直插云端的玻璃绝壁，在上面，渐渐暗下去的晚霞和很快亮起来的城市灯海在进行着摄人心魄的光与影的表演，水娃看得脖子酸疼。当他正要走开时，大厦本身的灯也亮了起来，这奇景以一种更大的力量攫住了水娃的全部身心，他继续在那里仰头呆望着。

"你看了很长时间,对这工作感兴趣?"

水娃回头,看到说话的是一个年轻人,典型的城里人打扮,但手里拿着一顶黄色的安全帽。

"什么工作?"水娃迷惑地问。

"那你刚才在看什么?"那人问,同时拿安全帽的手向上一指。

水娃抬头向他指的方向看,看到高高的玻璃绝壁上居然有几个人,从这里看去只是几个小黑点儿。"他们在那么高干什么呀?"水娃问,又仔细地看了看,"擦玻璃?"

那人点点头:"我是蓝天建筑清洁公司的人事主管,我们公司主要承揽高层建筑的清洁工程,你愿意干这工作吗?"

水娃再次抬头看,高空中那几个蚂蚁似的小黑点让人头晕目眩:"这……太吓人了。"

"如果是担心安全那你尽管放心,这工作看起来危险,正是这点使它招工很难,我们现在很缺人手。但我向你保证,安全措施是很完备的,只要严格按规程操作,绝对不会有危险,且工资在同类行业中是最高的,你嘛,每月工资一千五,工作日管午餐,公司代买人身保险。"

这钱数让水娃吃了一惊，他呆呆地望着经理。后者误解了水娃的意思："好吧，取消试用期，再加三百，每月一千八，不能再多了。以前这个工种基本工资只有四五百，每天有活儿干再额外计件儿，现在是固定月薪，相当不错了。"

于是，水娃成了一名高空清洁工，英文名字叫蜘蛛人。

人生第四个目标：成为一个北京人

水娃与四位工友从航天大厦的顶层谨慎地下降，用了四十分钟才到达它的第八十三层，这是他们昨天擦到的位置。蜘蛛人最头疼的活儿就是擦倒角墙——即与地面的角度小于九十度的墙。而航天大厦的设计者为了表现他那变态的创意，把整个大厦设计成倾斜的，在顶部由一根细长的立柱与地面支撑，据这位著名建筑师说，倾斜更能表现出上升感。这话似乎有道理，这座摩天大厦也名扬世界，成为北京的又一标志性建筑。但这位建筑大师的祖宗八代都被北京的蜘蛛人骂遍了，清洁航天大厦的活儿对他们几乎是一场噩梦，因为这个倾斜的大厦整整一面全是倒角墙，高达四百米，与地面的角度小到六十五度。

到达工作位置后，水娃仰头看看，头顶上这面巨大的玻璃悬崖仿佛正在倾倒下来。他一只手打开清洁剂容器的盖子，另一只手紧紧抓着吸盘的把手。这种吸盘是为清洁倒角墙特制的，但并不好使，常常脱吸，这时蜘蛛人就会荡离墙面，被安全带吊着在空中打秋千。这种事在清洁航天大厦时多次发生，每次都让人魂飞天外。就在昨天，水娃的一位工友脱吸后远远地荡出去，又荡回来，在强风的推送下直撞到墙上，撞碎了一大块玻璃，在他的额头和手臂上各划了一道大口子，而那块昂贵的镀膜高级建筑玻璃让他这一年的活儿白干了。

到现在为止，水娃干蜘蛛人的工作已经两年多了，这活儿可真不容易。在地面上有二级风力时，百米空中的风力就有五级，而现在的四五百米的超高层建筑上，风就更大了。危险自不必说，从本世纪初开始，蜘蛛人的坠落事故就时有发生。在冬天时那强风就像刀子一样锋利；清洗玻璃时最常用的氢氟酸洗剂腐蚀性很大，使手指甲先变黑再脱落；而到了夏天，为防洗涤药水的腐蚀，还得穿着不透气的雨衣雨裤雨鞋，如果是擦镀膜玻璃，背上太阳暴晒，面前玻璃反射的阳光也让人睁不开眼，这时水娃的感觉真像是被放在陆海的太阳灶上。

但水娃热爱这个工作，这一年多是他有生以来最快乐的时光。这固然因为在外地来京的低文化层次的打工者中，蜘蛛人的收入相对较高，更重要的是，他从工作中获得了一种奇妙的满足感。他最喜欢干那些别的工友不愿意干的活儿：清洁新近落成的超高建筑，这些建筑的高度都在二百米以上，最高的达五百米。悬在这些摩天楼顶端的外墙上，北京城在下面一览无遗地伸延开来，那些20世纪建成的所谓高层建筑从这里看下去是那么矮小，再远一些，它们就像一簇簇插在地上的细木条，而城市中心的紫禁城则像是用金色的积木搭起来的；在这个高度听不到城市的喧闹，整个北京成了一个可以一眼望全的整体，成了一个以蛛网般的公路为血脉的巨大的生命，在下面静静地呼吸着。有时，摩天大楼高耸在云层之上，腰部以下笼罩在阴暗的暴雨之中，以上却阳光灿烂，干活儿时脚下是一望无际的滚滚云海，每到这时，水娃总觉得他的身体都被云海之上的强风吹得透明了……

水娃从这经历中学到了一个哲理：事情得从高处才

能看清楚。如果你淹没于这座大都市之中,周围的一切是那么纷繁复杂,城市仿佛是一个无边无际的迷宫,但从这高处一看,整座城市不过是一个有一千多万人的大蚂蚁窝罢了,而它周围的世界又是那么广阔。

在第一次领到工资后,水娃到一个大商场转了转,乘电梯上到第三层时,他发现这是一个让自己迷惑的地方。与繁华的下两层不同,这一层的大厅比较空旷,只摆放着几张大得惊人的低桌子,在每张桌子宽阔的桌面上,都有一片小小的楼群,每幢楼有一本书那么高。楼间有翠绿的草地,草地上有白色的凉亭和回廊……这些小建筑好像是用象牙和奶酪做成的,看上去那么可爱,它们与绿草地一起,构成了精致的小世界,在水娃眼中,真像是一个个小天堂的模型。最初他猜测这是某种玩具,但这里见不到孩子,桌边的人们也一脸认真和严肃。他站在一个小天堂边上对着它出神地望了很久,一位漂亮小姐过来招呼他,他这才知道这里是出售商品房的地方。他随便指着一幢小楼,问最顶上那套房多少钱,小姐告诉他那是三室一厅,每平方米三千五百元,总价值三十八万。听到这数目水娃倒吸一口冷气,但小姐接下来的话让这冷酷的数字温柔了许多:"分期付款,每月一千五百元到两千元。"

他小心地问："我……我不是北京人，能买吗？"

小姐给了他一个动人的微笑："您可真逗，户口已经取消两年了，还有什么北京人不北京人的？您住下不就是北京人了吗？"

水娃走出商场后，漫无目的地在街上走了很长时间，夜中的北京在他的周围五光十色地闪耀着，他的手中拿着售房小姐给他的几张花花绿绿的广告页，不时停下来看看。仅在一个多月前，在那座遥远的西部城市的简易房中，在省城拥有一套住房对他来说都还是一个神话，现在，他离买得起那套北京的住房还有相当的距离，但这已不是神话了，它由神话变成了梦想，而这梦想，就像那些精致的小模型一样，实实在在地摆在眼前，可以触摸到了。

这时，有人在里面敲水娃正在擦的这面玻璃，这往往是麻烦事。在办公室窗上出现的高楼清洁工总让超级大厦中的白领们有一种莫名的烦恼，好像这些人真如其俗名那样是一个个异类大蜘蛛，他们之间的隔阂远不止那面玻璃。在蜘蛛人干活儿时，里面的人不是嫌有噪声就是抱怨阳光被挡住了，变着法儿和他们过不去。航天大厦的玻璃是半反射型的，水娃很费劲地向里面看，终于看清了里面的人，那居然是陆海！

分手后，水娃一直惦记着陆海，在他的记忆中，陆海一直是一个西装革履的流浪汉，在这个大城市中深一脚浅一脚地过着艰难的生活。在一个深秋之夜，正当水娃在宿舍中默默地为陆海过冬的衣服发愁时，却真的在电视上看到了他！这时，中国太阳工程正在选择构建反射镜的材料，这是工程最关键的技术核心，在十几种材料中，陆海研制的纳米镜膜被最后选中了。他由一名科技流浪汉变成了中国太阳工程的首席科学家之一，一夜之间举世闻名。这以后，虽然陆海频频在各种媒体出现，水娃反而把他忘记了，他觉得他们之间已没有什么关系。

在那间宽大的办公室里，水娃看到陆海与两年前相比，从里到外都没有变，甚至还穿着那身西装，现在水娃知道，这身当时在他眼中高级华贵的衣服实际上次透了。水娃向他讲述了自己在北京的生活，最后笑着说："看来咱们俩在北京干得都不错。"

"是的是的，都不错！"陆海激动地连连点头，"其实，那天早晨对你说那些关于时代和机遇的话时，我几乎对一切都失去了信心，我是说给自己听的，但这个时代真的充满了机遇。"

水娃点点头："到处都是金色的鸟儿。"

接着，水娃打量起这间充满现代感的大办公室来，这里最引人注目的是那一套不同寻常的装饰物：办公室的天花板整个是一幅星空的全息图像，所以在办公室中的人如同置身于一个灿烂星空下的院子里。在这星空的背景前悬浮着一个银色的圆形曲面，那是一个镜面，很像陆海的那个太阳灶，但水娃知道，这个太阳灶面积可能有几十个北京那么大。在天花板的一角，有一盏球形的灯，与这镜面一样，这灯球没有任何支撑地悬浮在空中，发出耀眼的黄光。镜面把它的一束光投射到办公桌旁的一个大地球仪上，在其表面打出一个圆圆的亮点。那个灯球在天花板下缓缓飘移着，镜面转动着追踪它，始终保持着那束投向地球仪的光束。星空、镜面、灯球、光束、地球仪和其表面的亮点，形成了一幅抽象而神秘的构图。

"这就是中国太阳吗？"水娃指着镜面敬畏地问。

陆海点点头："这是一个面积达三万平方公里的反射镜，它在三万六千公里高的同步轨道上向地球反射阳光，在地面看上去，天空中像多了个太阳。"

"我一直搞不明白，天上多个太阳，地上怎么会多了雨水呢？"

"这个人造太阳可以以多种方式影响天气,比如通过改变大气的热平衡来影响大气环流、增加海洋蒸发量、移动锋面,等等,这一两句话说不清楚。其实,轨道反射镜只是中国太阳工程的一部分,另一部分是一个复杂的大气运动模型,它运行在许多台超级计算机上,精确地模拟出某一区域大气的运动状态,然后找准一个关键点,用人造太阳的热量施加影响,就会产生出巨大的效应,足以在一段时间内完全改变目标区域的气候……这个过程极其复杂,不是我的专业,我也不太明白。"

　　水娃又问了一个陆海肯定明白的问题,他知道自己的问题太傻,但还是鼓足勇气问了出来:"那么大个东西悬在天上,不会掉下来吗?"

　　陆海默默地看了水娃几秒钟,又看了看表,一拍水娃的肩膀说:"走,我请你吃饭,同时让你明白中国太阳为什么不会掉下来。"

　　但事情远没有陆海想得那么简单,他不得不把要讲授的知识线移到最底层。水娃知道自己生活在一个圆的地球上,但他意识深处的世界还是一个天圆地方的结构,陆海费了很大劲才使他真正明白了我们的世界只是一颗飘浮在无际虚空中的小石球。这个晚上水娃并没有搞明白中国太阳为什么不会掉下来，但这个宇宙在他的脑海中已完全变了样，他进入了自己的托勒密时代。第二个晚上，陆海同水娃到大排档去吃饭，并成功地使水娃进入了哥白尼时代。又用了两个晚上，水娃艰难地进入了牛顿时代，知道了（当然仅仅是知道了）万有引力。接下来的一个晚上，借助于办公室中的那个大地球仪，陆海使水娃迈进了航天时代。在接下来的一个公休日，也是在那个大地球仪前，水娃终于明白了同步轨道是什么意思，同时也明白了中国太阳为什么不会掉下来。

在这一天，陆海带水娃参观了中国太阳工程的指挥中心，在一个高大的屏幕上映出了同步轨道上中国太阳建设工地的全景：漆黑的空间中飘浮着几块银色的薄片，航天飞机在那些薄片前像几只小小的蚊子。最让水娃感到震撼的，是另一个大屏幕上从三万六千公里高度拍摄的地球，他看到，大陆像漂浮在海洋上的一张张大牛皮纸，山脉像牛皮纸的皱褶，而云层如同牛皮纸上残留的一片片白糖末……陆海指给水娃看哪里是他的家乡，哪里是北京，水娃呆呆地看了好半天，冒出一句话："站在这么高处，人想的事情肯定不一样……"

三个月后，中国太阳的主体工程完工，在国庆节之夜，反射镜首次向地球的黑夜部分投射阳光，并把巨大的光斑固定在京津地区。这天夜里，水娃在天安门广场上同几十万人一起目睹了这壮丽的日出：西边的夜空中，一颗星星的亮度急剧增强，在这颗星的周围有一圈蓝天在扩散，当中国太阳的亮度达到最大时，这圈蓝天已占据了半个天空的面积，在它的边缘，色彩由纯蓝渐渐过渡到黄色、橘红和深紫，这圈渐变的色彩如一圈彩虹把蓝天围在中央，形成了人们所称的"环形朝霞"。

　　水娃在凌晨四点才回到宿舍，他躺在狭窄的上铺，中国太阳的光芒从窗中照进来，照在枕连墙上那几张商品住宅广告页上，水娃把那几张彩纸从墙上撕了下来。

　　在中国太阳的天国之光下，他曾为之激动不已的理想显得那么平淡渺小。

　　两个月后，清洁公司的经理找到水娃，说中国太阳工程指挥中心的陆总让他去一下。自从清洁航天大厦的活儿干完后，水娃就再也没见过陆海。

　　"你们的太阳真是伟大！"在航天大厦的办公室中见到陆海后，水娃由衷地赞叹道。

"是我们的太阳,特别是你也有份儿。现在在这里看不到中国太阳了,它正在给你的家乡造雪呢!"

"我爸妈来信说,那里今冬的雪真的多了起来!"

"但中国太阳也遇到了大问题,"陆海指指身后的一块大屏幕,上面显示着两个圆形的光斑,"这是在同一位置拍摄的中国太阳的图像,时隔两个月,你能看出它们有什么差别吗?"

"左边那个亮一些。"

"看,仅两个月,反射率的降低用肉眼都能看出来了。"

"怎么,是大镜子上落灰了吗?"

"太空中没有灰,但有太阳风,也就是太阳喷出的粒子流,时间一长,它使中国太阳的镜面表层发生了质变,镜面就蒙上了一层极薄的雾膜,反射率就降低了,一年以后,镜面将变得像蒙上一层水雾一样,那时中国太阳就变成了中国月亮,就什么事都干不了了。"

"你们开始没想到这些吗?"

"当然想到了……我们还是谈你的事吧:想不想换个工作?"

"换工作?我还能干什么呢?"

"还是干高空清洁工,但是在我们这里干。"

水娃迷惑地四下看看:"你们的大楼不是刚清洁过吗?还用专门雇高空清洁工?"

"不,不是让你擦大楼,是擦中国太阳。"

人生第五个目标:飞向太空擦太阳

这是一次由中国太阳工程运行部的高层领导人参加的会议,讨论成立镜面清洁机构的事。陆海把水娃介绍给大家,并介绍了他的工作。当有人问到学历时,水娃诚实地说他只读过三年小学。

"但我认字的,看书没问题。"水娃对与会者说。

一阵笑声响起。"陆总,你这是在开玩笑吗?!"有人气愤地喊道。

陆海平静地说:"我没开玩笑。如果组成三十个人的镜面清洁队,把中国太阳全部清洁一遍需半年时间,按照清洁周期清洁队需不停地工作,这至少要有六十到九十人进行轮换,如果正在制定中的空间劳动保护法出台,这种轮换可能需要更多的人,也就是说需一百二十甚至一百五十人。我们难道要让一百五十名有博士学位的、在高性能歼击机上飞过三千小时的宇航员干这项工作吗？"

"那也得差不多点儿吧？在城市高等教育已经普及的今天，让一个文盲飞向太空？"

"我不是文盲！"水娃对那人说。

对方没理他，接着对陆海说："这是对这个伟大工程的亵渎！"

与会者们纷纷点头赞同。

陆海也点点头："我早就料到各位会有这种反应。在座的，除了这位清洁工之外都具有博士学位，那么好，就让我们看看各位在清洁工作中的素质吧！请跟我来。"

十几名与会者迷惑不解地跟着陆海走出会议室，走进电梯。这种摩天大楼中的电梯分快、中、慢三种，他们乘坐的是最快的电梯，飞快加速，直上大厦的顶层。

有人说："我是第一次乘这个电梯，真有乘火箭升空的感觉！"

"我们进入同步轨道后，大家还将体验清洁中国太阳的感觉。"陆海说，周围的人都向他投来奇怪的目光。

走出电梯后，大家又跟着陆海爬了一段窄扶梯，最后从一扇小铁门走出去，来到了大厦的露天楼顶。他们立刻置身于阳光和强风之中，上面的蓝天似乎比平时看到的清澈了许多,向四周望去,北京城尽收眼底。他们发现楼顶上已经有一小群人在等着,水娃吃惊地发现那竟是清洁公司的经理和他的蜘蛛人工友们!

陆海大声说:"现在,我们就请大家体验一下水娃的工作。"

于是那些蜘蛛人走过来给每一位与会者扎上安全带,然后领他们走到楼顶边缘,使他们小心地站到十几蜘蛛人作为工作平台的小小的吊板上,然后吊板开始慢慢下降,悬在距楼顶边缘五六米处不动了,被挂在大厦玻璃墙上的与会者们发出了一阵绝不掺假的惊叫声。

"各位,我们继续开会吧!"陆海蹲着从楼顶边缘探出身去对下面的人喊。

"你个混蛋!快拉我们上去!!"

"你们每人必须擦完一块玻璃才能上来!"

擦玻璃是不可能的,下面的人能做的只是死抓着安全带或吊板的绳索一动不敢动,根本不可能松开一只手去拿起放在吊板上的刷子或打开清洁剂桶的盖子。在他们的日常工作中,这些航天官员每天都在图纸或文件上与几万公里的高度打交道,但在这亲身体验中,四百米的高度已经令他们魂飞天外了。

陆海站起身，走到一位空军大校的上面，他是被吊下去的十几个人中唯一镇定自若者，他开始擦玻璃，动作沉稳。最让水娃吃惊的是，他的两只手都在干活，并没有抓着什么稳定自己，而他的吊板在强风中贴着墙面一动不动，这对蜘蛛人来说也只有老手才能做到。当水娃认出他就是十多年前神舟八号飞船上的一名宇航员时，对眼前所见也就不奇怪了。

陆海问："张大校，你坦率地说，眼前的工作真的比你们在轨道上的太空行走作业容易吗？"

"如果仅从体力和技巧上来说，相差不是太多。"前宇航员回答说。

"说得好！宇航训练中心的一项研究表明，在人体工程学上，高层建筑清洁工的工作与太空中的镜面清洁工作有许多相似之处：都是在危险的需要时时保持平衡的位置上，从事重复单调且消耗体力的劳动；都要时时保持着警觉，稍一疏忽就会有意外事故发生，这事故对宇航员来说，可能是错误飘移、工具或材料丢失或生命维持系统失灵等等；对蜘蛛人来说，则可能是撞碎玻璃、工具或清洁剂跌落或安全带断裂滑脱等等。在体能技巧方面，特别是在心理素质方面，蜘蛛人完全有能力胜任镜面清洁工作。"

前宇航员仰视着陆海点了点头:"这使我想起了那个古老的寓言:卖油人把油通过一个铜钱的方孔倒进油壶中,所需的技巧与将军把箭射中靶心同样高超,差异只在于他们的身份。"

陆海接着说:"哥伦布发现了美洲,库克发现了澳洲,但这些新世界都是由普通人开发的,这些开拓者在当时的欧洲处于社会的最下层。太空开发也一样,国家在下一个五年计划中把近地空间作为第二个西部,这就意味着航天事业的探险时代已经结束,它不再只是由少数精英从事的工作,让普通人进入太空,是太空开发产业化的第一步!"

"好了好了,你说的都对!可快把我们弄上去啊!!"下面的其他人声嘶力竭地喊着。

在回去的电梯上,清洁公司的经理凑到陆海耳边低声说:"陆总,您慷慨激昂了半天,讲的道理有点太大了吧?当然,当着水娃和我这些小弟兄的面,您不好把关键之处挑明。"

"嗯?"陆海询问地看着他。

"谁都知道,中国太阳工程是以准商业方式运行的,中途差点因资金缺口而停工,现在,留给你们的运行费用没有多少了。在商业宇航中,正规宇航员的年薪都在百万以上,我这些小伙子们每年就可以给你们省几千万。"

陆海神秘地一笑说:"您以为,为这区区几千万我值得冒这个险吗?我这次故意把镜面清洁工的文化程度标准压到最低,这个先例一开,中国太阳运行中在空间轨道的其他工作岗位,我就可以用普通大学毕业生来做,这一下,省的可不止几千万,如您所说,这也是没办法的办法,我们真的没剩多少钱了。"

经理说:"在我的童年和少年时代,进入太空是一种何等浪漫的事业,我清楚地记得,邓小平在访问肯尼迪航天中心时,把一位美国宇航员称作神仙。现在,"他拍着陆海的后背苦笑着摇摇头,"我们彼此彼此了。"

陆海扭头看了看那几名蜘蛛人小伙子,放大了声音说:"但,先生,我给他们的工资怎么说也是你的八到十倍!"

第二天,包括水娃在内的六十名蜘蛛人进入了坐落在石景山的中国宇航训练中心,他们都是从外地来京打工的农村后生,来自中国广阔田野的各个偏僻角落。

镜面农夫

　　西昌基地，"地平线"号航天飞机从它的发动机喷出的大团白雾中探出头来，轰鸣着升上蓝天。机舱里坐着水娃和其他十四名镜面清洁工，经过三个月的地面培训，他们被从六十人中挑选出来，首批进入太空进行实际操作。

　　在水娃这时的感觉中，超重远不像传说中的那么可怕，他甚至有一种熟悉的舒适感，这是孩子被母亲紧紧抱在怀中的感觉。在他右上方的舷窗外，天空的蓝色在渐渐变深。舱外隐约传来爆破螺栓的啪啪声，助推器分离，发动机声由震耳的轰鸣变为蚊子似的嗡嗡声。天空变成深紫色，最后完全变黑，星星出现了，都不眨眼，十分明亮。嗡嗡声戛然而止，舱内变得很安静，座椅的振动消失了，接着后背对椅面的压力也消失了，失重出现。水娃他们是在一个巨大的水池中进行的失重训练，这时的感觉还真像是浮在水中。

　　但安全带还不能解开，发动机又嗡嗡地叫了起来，重力又把每个人按回椅子上，漫长的变轨飞行开始了。小小的舷窗中，星空和海洋交替出现，舱内不时充满了地球反射的蓝光和太阳白色的光芒。窗口中能看到的地平线的弧度一次比一次大，能看到的海洋和陆地的景色范围也一次比一次大。向同步轨道的变轨飞行整整进行了六个小时，舷窗中星空和地球的景色交替也渐渐具有催眠作用，水娃居然睡着了。但他很快被扩音器中指令长的声音惊醒，那声音说变轨飞行结束了。

舱内的伙伴们纷纷飘离座椅，紧贴着舷窗向外瞅。水娃也解开安全带，用游泳的动作笨拙地飘到离他最近的舷窗，他第一次亲眼看到了完整的地球。但大多数人都挤在另一侧的舷窗边，他也一蹬舱壁窜了过去，因速度太快在对面的舱壁上碰了脑袋。从舷窗望出去，他才发现"地平线"号已经来到中国太阳的正下方，反射镜已占据了星空的大部分面积，航天飞机如同是飞行在一个巨大的银色穹顶下的一只小蚊子。"地平线"号继续靠近，水娃渐渐体会到镜面的巨大：它已占据了窗外的所有空间，一点都感觉不到它的弧度，他们仿佛飞行在一望无际的银色平原上。距离在继续缩短，镜面上现了"地平线"号的倒影。可以看到银色大地上有一条条长长的接缝，这些接缝像地图上的经纬线一样织成了方格，成了能使人感觉到相对速度的唯一参照物。渐渐地，银色大地上的经线不再平行，而是向一点会聚，这趋势急剧加快，好像"地平线"号正在驶向这巨大地图上的一个极点。极点很快出现了，所有经向接缝都会聚在一个小黑点上，航天飞机向着这个小黑点下降，水娃震惊地发现，这个黑点竟是这银色大地上的一座大楼，这座大楼是一个全密封的圆柱体，水娃知道，这就是中国太阳的控制站，是他们以后三个月在这冷寂太空中唯一的家。

太空蜘蛛人的生活就这样开始了。每天（中国太阳绕地球一周的时间也是 24 小时），镜面清洁工们驾驶着一台台有手扶拖拉机大小的机器擦光镜面，他们开着这些机器在广阔的镜面上来回行驶，很像在银色的大地上耕种着什么，于是西方新闻媒体给他们起了一个更有诗意的名字："镜面农夫"。这些"农夫"们的世界是奇特的，他们脚下是银色的平原，由于镜面的弧度，这平原在远方的各个方向缓缓升起，但由于面积巨大，周围看上去如水面般平坦。上方，地球和太阳总是同时出现，后者比地球小得多，倒像是它的一颗光芒四射的卫星。在占据天空大部分的地球上，总能看到一个缓缓移动的圆形光斑，在地球黑夜的一面这光斑尤其醒目，这就是中国太阳在地球上照亮的区域。镜面可以调整形状以改变光斑的大小，当银色大地在远方上升的坡度较陡时，光斑就小而亮，当上升坡度较缓时，光斑就大而暗。

但镜面清洁工的工作是十分艰辛的，他们很快发现，清洁镜面的枯燥和劳累，比在地球上擦高楼有过之而无不及。每天收工回到控制站后，往往累得连太空服都脱不下来。随着后续人员的到来，控制站里拥挤起来，人们像生活在一个潜水艇中。但能够回到站里还算幸运，镜面上距站最远处近一百公里，清洁到外缘时往往下班后回不来，只能在"野外"过"夜"，从太空服中吸些流质食物，然后悬在半空中睡觉。工作的危险更不用说，镜面清洁工是人类航天史上进行太空行走最多的人，在"野外"，太空服的一个小故障就足以置人于死地，还有微陨石、太空垃圾和太阳磁暴等等。这样的生活和工作条件使控制站中的工程师们怨气冲天，但天生就能吃苦的"镜面农夫"们却默默地适应了这一切。

在进入太空后的第五天，水娃与家里通了话，这时水娃正在距控制站五十多公里处干活，他的家乡正处于中国太阳的光斑之中。

水娃爹："娃啊，你是在那个日头上吗？它在俺们头上照着呢，这夜跟白天一样啊！"

水娃:"是,爹,俺是在上面!"

水娃娘:"娃啊,那上面热吧?"

水娃:"说热也热,说冷也冷,俺在地上投了个影儿,影儿的外面有咱那儿十个夏天热,影儿的里面有咱那儿十个冬天冷。"

水娃娘对水娃爹:"我看到咱娃了,那日头上有个小黑点点!"

水娃知道那是不可能的,他的眼泪涌了出来,说:"爹、娘,俺也看到你们了,亚洲大陆的那个地方也有两个小黑点点!明天多穿点衣服,我看到一大股寒流从大陆北面向你们那里移过去了!"

……

三个月后换班的第二分队到来,水娃他们返回地球去休为期三个月的假。他们着陆后的第一件事就是每人买了一架单筒高倍望远镜。三个月后他们回到中国太阳上,在工作的间隙大家都用望远镜遥望地球,望的最多的当然还是家乡,但在四万公里的距离上是不可能看到他们的村庄的。他们中有人用粗笔在镜面上写下了一首稚拙的诗:

在银色的大地上我遥望家乡

村边的妈妈仰望着中国太阳

这轮太阳就是儿子的眼睛

黄土地将在这目光中披上绿装

"镜面农夫"们的工作是出色的,他们逐渐承担了更多的任务,范围都超出了他们的清洁工作。首先是修复被陨石破坏的镜面,后来又承担了一项更高层次的工作:监视和加固应力超限点。

中国太阳在运行中,其姿态总是在不停地变化,这些变化是由分布在其背面的三千台发动机完成的。反射镜的镜面很薄,它由背面的大量细梁连成一个整体,在进行姿态或形状改变时,有些位置可能发生应力超限,如果不及时对各发动机的出力给予纠正,或在那个位置进行加固,任其发展,超限应力就可能撕裂镜面。这项工作的技术要求很高,发现和加固应力超限点都需要熟练的技术和丰富的经验。

除了进行姿态和形状调整外,最有可能发生应力超限的时间是在轨道理发时,这项操作的正式名称是:光压和太阳风所致轨道误差修正。太阳风和光压对面积巨大的镜面产生作用力，这种力量在每平方公里的镜面上达两公斤左右，使镜面轨道变扁上移，在地面控制中心的大屏幕上，变形的轨道与正常的轨道同时显示，很像是正常的轨道上长出了头发，这个离奇的操作名称由此而来。轨道理发时镜面产生的加速度比姿态和形状调整时大得多，这时"镜面农夫"们的工作十分重要，他们飞行在银色大地上空，仔细地观察着地面的每一处异常变化，随时进行紧急加固，每次都出色地完成了任务。他们的收入因此增长很多，但这中间得利最多的，还是已成为中国太阳工程第一负责人的陆海，他连普通大学毕业生也不必雇了。

但"镜面农夫"们都明白，他们这批人是第一批也是最后一批只有小学文化程度的太空工人了，以后的太空工人最低也是大学毕业的。但他们完成了陆海所设想的使命：证明了太空开发中的底层工作最需要的是技巧和经验，是对艰苦环境的适应能力，而不是知识和创造力，普通人完全可以胜任。

但太空也在改变着"镜面农夫"们的思维方式，没有人能像他们这样，每天从三万六千公里居高临下看地球，世界在他们面前只是一个可以一眼望全的小沙盘，地球村对他们来说不是一个比喻，而是眼前实实在在的现实。

"镜面农夫"作为第一批太空工人，曾在全世界引起了轰动。但随着近地空间开发产业化的飞速发展，许多超级工程在太空中出现，其包括用微波向地面传送电能的超大型太阳能电站，微重力产品加工厂等，容纳十万人的太空城也开始建设。大批产业工人涌向太空，他们都是普通人，世界渐渐把"镜面农夫"们忘记了。

　　几年后，水娃在北京买了房子，建立了家庭，又有了孩子。每年他有一半时间在家里，一半时间在太空。他热爱这项工作，在三万多公里高空的银色大地上长时间地巡行，使他的心中产生了一种超脱的宁静，他觉得自己已找到了理想的生活，未来就如同脚下的银色平原一样平滑地向前伸展。但后来的一件事打破了这种宁静，彻底改变了水娃的心路历程，这就是他与史蒂芬·霍金的交往。

　　没有人想到霍金能活过一百岁，这既是医学的奇迹，也是他个人精神力量的表现。当近地轨道的第一所太空低重力疗养院建立后，他成为第一位疗养者。但上太空的超重差一点要了他的命，返回地面也要经受超重，所以在太空电梯或反重力舱之类的运载工具发明之前，他可能回不了地球了。事实上，医生建议他长住太空，因为失重环境对他的身体是最合适不过的。

霍金开始对中国太阳没什么兴趣，他从低轨道再次忍受加速重力(当然比从地面进入太空时小得多)来到位于同步轨道的中国太阳，是想看看在这里进行的一项关于背景辐射强度各向微小异性的宇宙学观测，观测站之所以设在中国太阳背面，是因为巨大的反射镜可以挡住来自太阳和地球的干扰。但在观测完成，观测站和工作小组都撤走后，霍金仍不想走，说他喜欢这里，想多待一阵儿。中国太阳的什么东西吸引了他，新闻界做出了各种猜测，但只有水娃知道实情。

在中国太阳生活的日子里，霍金最喜欢做的事就是在镜面上散步，让人不可理解的是，他只在反射镜的背面散步，每天散步的时间长达几个小时。空间行走经验最丰富的水娃被站里指定陪博士散步。这时的霍金已与爱因斯坦齐名，水娃当然听说过他，但在控制站内第一次见到他时还是很吃惊，水娃想象不出一位瘫痪到如此程度的人如何做出这么大的成就，尽管他对这位大科学家做了什么还一无所知。但在散步时，丝毫看不出霍金的瘫痪，也许是有了操纵电动轮椅的经验，他操纵太空服上的微型发动机与正常人一样灵活。

霍金与水娃的交流很困难,他虽然植入了由脑电波控制的电子发声系统,说话不像 20 世纪那么困难了,但他的话要通过实时翻译器译成中文水娃才能听得懂。按领导的交代,为了不影响博士思考问题,水娃从不主动搭话,但博士却很愿与他交谈。

博士最先是问水娃的身世,然后回忆起自己的早年,他向水娃讲述童年时在阿尔班斯住的那幢阴冷的大房子,冬天结了冰的高大客厅中响着瓦格纳的音乐;还有那辆放在奥斯明顿磨坊牧场的马戏车,他常和妹妹玛丽一起乘着它到海滩去;还有他常与父亲去的齐尔顿领地的爱文豪灯塔……水娃惊叹这位百岁老人的记忆力,更让他吃惊的是,他们之间居然有共同语言,水娃讲述家乡的一切,博士很爱听,当走到镜面边缘时还让水娃指给他看家乡的位置。

时间长了,谈话不可避免地转到科学方面,水娃本以为这会结束他们之间难得的交流,但并非如此,向普通人用最通俗的语言讲述艰深的物理学和宇宙学,对博士似乎是一种休息。他向水娃讲述了大爆炸、黑洞、量子引力,水娃回去后就啃博士在 20 世纪写的那本薄薄的小书,再向站里的工程师和科学家请教,居然明白了不少。

"知道我为什么喜欢这里吗？"一次散步到镜面边缘时，博士对着从边缘露出一角的地球对水娃说，"这个大镜面隔开了下面的地球，使我忘记了尘世的存在，能全身心地面对宇宙。"

水娃说："下面的世界好复杂的，可从这里远远地看，宇宙又是那么简单，只是空间中撒着一些星星。"

"是的，孩子，真是这样。"博士点点头说。

反射镜的背面与正面一样，也是镜面，只是多了如一座座小黑塔似的姿态和形状调整发动机。每天散步时，博士和水娃两人就紧贴着镜面缓缓地飘行，常常从中心一直飘到镜面的边缘。没有月亮时，反射镜的背面很黑，表面是星空的倒影。与正面相比，这里的地平线很近，且能看出弧形，星光下，由支撑梁组成的黑色经纬线在他们脚下移动，他们仿佛飘行在一个宁静的小星球的表面。遇上姿态或形状调整，反射镜背面的发动机启动，这小星球的表面被一炷炷小火苗照亮，更使这里显出一种美丽的神秘。在这小小的世界之上，银河在灿烂地照耀着。就在这样的境界中，水娃第一次接触到宇宙最深层的奥秘，他明白了自己所看到的所有星空，在大得无法想象的宇宙中也只是一粒灰尘，而这整个宇宙，不过是百亿年前一次壮丽焰火的余烬。

许多年前作为蜘蛛人踏上第一座高楼的楼顶时，水娃看到了整个北京；来到中国太阳时，他看到了整个地球；现在，水娃面对着他人生第三个壮丽的时刻，他站到了宇宙的楼顶上，看到了他以前做梦都不会想到的东西，虽然这知识还很粗浅，但足以使那更遥远的世界对他产生了一种难以抗拒的吸引力。

有一次水娃向站里的一位工程师说出了自己的一个困惑："人类在二十世纪六十年代就登上了月球，为什么后来反而缩了回来，到现在还没登上火星，甚至连月球也不去了？"

工程师说："人类是现实的动物，二十世纪中叶那些由理想主义和信仰驱动的东西是没有长久生命力的。"

"理想和信仰不好吗？"

"不是说不好，但经济利益更好，如果从那时开始人类就不惜代价，做飞向外太空的赔本买卖，地球现在可能还在贫困之中，你我这样的普通人反而不可能进入太空，虽然只是在近地空间。朋友，别中了霍金的毒，他那套东西一般人玩不了的！"

水娃从此变了，他仍然与以前一样努力工作，表面平静地生活，但显然在想着更多的事。

　　时光飞逝，二十年过去了。这二十年中，水娃和他的伙伴们从三万六千公里的高度清楚地看到了祖国和世界的变化，他们看到，三北防护林形成了一条横贯中国东西的绿带，黄色的沙漠渐渐被绿色覆盖，家乡也不再缺少雨水和白雪，村前干枯的河床又盈满了清流……这一切也有中国太阳的一份功劳，它在改变大西北气候的宏大工程中起了很大的作用。除此之外，这些年中国太阳还干了许多不寻常的事，比如融化乞力马扎罗山的积雪以缓解非洲干旱，使举行奥运会的城市成为真正的不夜城……

　　但对于最新的技术来说，用这种方式影响天气显得过于笨拙，且有太多的副作用，中国太阳已完成了它的使命。

　　国家太空产业部举行了一个隆重的仪式，为人类第一批太空产业工人授勋。这不仅仅是表彰他们二十年来的辛勤而出色的工作，更重要的是，这六十位只有小学和初中文化程度的青年进入太空工作，标志着太空开发已对所有人敞开了大门，经济学家们一致认为，这是太空开发产业化的真正开端。

这个仪式引起了新闻媒体的极大注意，除了以上的原因，在普通大众心中，"镜面农夫"们的经历具有传奇色彩，同时，在这个追逐与忘却的时代，有一个怀旧的机会也是很不错的。

当年那些憨厚朴实的小伙子现在都已人到中年，但他们看上去变化并不是太大，人们从全息电视中还能认出他们。他们中的大部分人已通过各种方式接受了高等教育，其中有一些人还获得了太空工程师的职称，但无论在自己还是公众的眼里，他们仍是那群来自乡村的打工者。

水娃代表伙伴们讲话，他说："随着电磁输送系统的建成，现在进入近地空间的费用，只及乘飞机飞越太平洋费用的一半，太空旅行已变成了一件平常而平淡的事。但新一代人很难想象，在二十年前进入太空对一个普通人来说意味着什么，很难想象那会是怎样令他激动和热血沸腾，我们就是那样一群幸运者。

"我们这些人很普通，没什么可说的，我们能有这样不寻常的经历是因为中国太阳。这二十年来，它已成为我们的第二家园，在我们的心目中它很像一个微缩的地球。最初，我们把镜面上的接缝当作北半球的经纬线，说明自己的位置时总是说在北纬多少度、东经西经多少度；到后来，随着我们对镜面的熟悉，渐渐在上面划分出了大陆和海洋，我们会说自己是在北京或莫斯科，我们每个人的家乡在镜面上也都有对应的位置，对那一块我们擦得最勤……在这个银色的小地球上我们努力工作，尽了自己的责任。先后有五位镜面清洁工为中国太阳献出了生命，他们有的是在太阳磁暴爆发时没来得及隐蔽，有的是被陨石或太空垃圾击中。

"现在，这块我们生活和工作了二十年的银色土地就要消失了，我们很难用语言表达自己的感受。"

水娃沉默了，已是太空产业部部长的陆海接过了话头说："我完全理解你们的感受，但在这里可以欣慰地告诉大家：中国太阳不会消失！这我想你们也都知道了，对于这样一个巨大的物体，不可能采用 20 世纪的方式，让它坠入大气层烧掉，它将用另一种方式找到自己的归宿：其实很简单，只要停止进行轨道理发，并进行适当的姿态调整，太阳风和光压将最终使它超过第二宇宙速度，离开地球成为太阳的卫星。许多年后，行星际飞船会在遥远的地方找到它，那时我们也许会把它变成一个博物馆，我们这些人会再次回到那银色的平原上，一起回忆我们这段难忘的岁月。"

水娃突然显得激动起来，他大声问陆海："部长先生，你真的认为会有这一天，你真的认为会有行星际飞船吗？"

陆海呆呆地看着水娃，一时说不出话来。

水娃接着说："20 世纪中叶，当阿姆斯特朗在月球上印下第一个脚印时，几乎所有的人都相信人类将在十到二十年之内登上火星。现在，八十六年过去了，别说火星了，月球也再没人去过，理由很简单：那是赔本买卖。

"20 世纪冷战结束后，经济准则一天天地统治世界，人类在这个准则下也取得了巨大的成就：现在，我们消灭了战争和贫困，恢复了生态，地球正在变成一个乐园。这就使我们更加坚信经济准则的正确性，它已变得至高无上，渗透到我们的每个细胞中，人类社会已变成了百分之百的经济社会，投入大于产出的事是再也不会做了。对月球的开发没有经济意义，对行星的大规模载人探测是经济犯罪，至于进行恒星际航行，那是地地道道的精神变态。现在，人类只知道投入、产出，并享受这些产出了！"

陆海点点头说："本世纪人类的太空开发仍局限于近

地空间，这是事实，它有许多更深刻的原因，已超出了我们今天的话题。"

"没有超出。现在，我们有了一个机会，只需花很少的钱就能飞出近地空间进行远程宇宙航行。太阳光压可以把中国太阳推出地球轨道，同样能把它推到更远的地方。"

陆海笑着摇摇头："呵，你是说把中国太阳作为一个太阳帆船？从理论上说是没问题的，反射镜的主体薄而轻，面积巨大，经过长期的光压加速，理论上它会成为人类迄今发射过的速度最快的航天器。但这也只是从理论而言，实际情况是，一艘船只有帆并不能远航，它上面还要有人，一艘无人的帆船只能在海上来回打转，连港口都驶不出去，记得史蒂文森的《金银岛》里对此有生动的描述。要想借助于光压远航并返回，反射镜需要精确而复杂的姿态控制，而中国太阳是为在地球轨道上运行而设计的，离开了人的操作，它自己只能沿着无规则的航线瞎飘一气，而且飘不了太远。"

"不错，但它上面会有人的，我来驾驶它。"水娃平静地说。

这时，收视统计系统显示，对这个频道的收视率急剧上升，全世界的目光正在被吸引过来。

"可你一个人同样控制不了中国太阳，它的姿态控制至少需要……"

"至少需要十二人，考虑到星际航行的其他因素，至少需要十五到二十人，我相信会有这么多志愿者的。"

陆海不知所措地笑笑："真没想到，我们今天的谈话会转移到这个方向。"

"陆部长，二十年前，你不止一次地改变了我的人生方向。"

"可我万万没有想到你沿着那个方向走了这么远，已远远超过我了。"陆海感慨地说，"好吧，很有意思，让我们继续讨论下去吧！嗯……很遗憾，这个想法是不可行的：中国太阳最合理的航行目标是火星，可你想过没有，中国太阳不可能在火星上登陆，如果要登陆，将又是一笔巨大的开支，会使这个计划失去经济上的可行性；如果不登陆，那和无人探测器没有区别，有什么意思呢？"

"中国太阳不去火星。"

陆海迷惑地看着水娃，"那去哪里？木星？"

"也不是木星，去更远的地方。"

"更远？去海王星？去冥王……"陆海突然顿住，呆呆地盯着水娃看了好一会儿，"天啊，你不会是说……"

水娃坚定地点点头："是的，中国太阳将飞出太阳系，成为恒星际飞船！"

与陆海一样，全世界顿时目瞪口呆。

陆海两眼平视前方，机械地点点头："好吧，就让我们不当你是在开玩笑，你让我大概估算一下……"说着他半闭起双眼开始心算。

"我已经算好了：借助太阳的光压，中国太阳最终将加速到光速的十分之一，考虑到加速所用的时间，大约需四十五年时间到达比邻星。

"然后再借助比邻星的光压减速，完成对半人马座三星系统的探测后，再向相反的方向加速，再用几十年时间返回太阳系。听起来是个美妙的计划，但实际上只是一个根本不可能实现的梦想。"

"你又想错了，到达比邻星后中国太阳不减速，以每秒三万多公里的速度掠过它，并借助它的光压再次加速，飞向天狼星。如果有可能，我们还会继续蛙跳，飞向第三颗恒星，第四颗……"

"你到底要干什么？"陆海失态地大叫起来。

"我们向地球所要求的，只是一套高可靠性但规模较小的生态循环系统和……"

"用这套系统维持二十个人上百年的生命？"

"听我说完，和一套生命低温冬眠系统，在航行的大部分时间我们处于冬眠状态，只在接近恒星时才启动生态循环系统，按目前的技术，这足以维持我们在宇宙中航行上千年。当然，这两套系统的价格也不低，但比起人类从头开始一次恒星际载人探测来，它所需资金只有其千分之一。"

"就是一分钱不要，世界也不会允许二十个人去自杀。"

"这不是自杀，只是探险，也许我们连近在眼前的小行星带都过不去，也许我们会到达天狼星甚至更远，不试试怎么知道？"

"但有一点与探险不同：你们肯定是回不来了。"

水娃点点头："是的，回不来了。有人满足于老婆孩子热炕头，从不向与己无关的尘世之外扫一眼；有的人则用尽全部生命，只为看一眼人类从未见过的事物。这两种人我都做过，我们有权选择各种生活，包括在十几光年之遥的太空中飘荡的一面镜子上的生活。"

"最后一个问题：在上千年的时间里，以每秒几万甚至十几万公里的速度掠过一颗又一颗恒星，发回人类要经过几十年甚至几个世纪才能收到的微弱的电波，这有太大意义吗？"

水娃微笑着向全世界说："飞出太阳系的中国太阳，将会使享乐中的人类重新仰望星空，唤回他们的宇宙远航之梦，重新燃起他们进行恒星际探险的愿望。"

人生第六个目标：
飞向星海，把人类的目光重新引向宇宙深处

陆海站在航天大厦的楼顶，凝视着天空中快速移动的中国太阳，在它的光芒下，首都的高楼投下了无数快速移动的影子，使得北京仿佛是一个随着中国太阳转动的大面孔。

这是中国太阳最后一次环绕地球运行，它已达到了第二宇宙速度，将飞出地球的引力场，进入绕太阳运行的轨道。这人类第一艘载人恒星际飞船上有二十个人，除水娃外，其他人是从上百万名志愿者中挑选出来的，其中包括三名与水娃共事多年的"镜面农夫"。中国太阳还未启程就达到了它的目标：人类社会对太阳系外宇宙探险的

热情再次出现了。

陆海的思绪回到了二十三年前的那个闷热的夏夜，在那个西北城市，他和一个来自干旱土地的农村男孩登上了开往北京的夜行列车。

作为告别，中国太阳把它的光斑依次投向各大城市，让人们最后一次看到它的光芒。最后，中国太阳的光斑投向大西北，水娃出生的那个小村庄就在光斑之中。

村边的小路旁，水娃的爹娘同乡亲们一起注视着向东方飞行的中国太阳。

水娃爹喊道："娃啊，你要到老远的地方去吗？"

水娃从太空中回答："是啊爹，怕是回不了家了。"

水娃娘问："那地方很远？"

水娃回答："很远，娘。"

水娃爹问："比月亮还远吗？"

水娃沉默了几秒钟，用比刚才低许多的声音说："是的，爹，比月亮远些。"

水娃的爹娘并不觉得特别难受，娃是在那比月亮还远的地方干大事呢！再说，这可是个了不起的年头，即使是远在天涯海角的人，随时都可以和他说话，还可以在小电视上看见他，这跟面对面没啥子区别。但他们不会想到,随着时间的流逝,那小屏幕上的儿子将变得越来越迟钝,对爹娘关切的问话,他要想好长时间才能回答。他想的时间开始只有几秒钟,以后越来越长,一年后,爹娘每问一句话,儿子将呆呆地想一个多小时才能回答。最后儿子将消失,他们将被告之水娃睡觉了,这一觉要睡四十多年。在这以后,水娃的爹娘将用尽余生,继续照顾那块曾经贫瘠现已肥沃起来的土地,过完他们那充满艰辛但已很满足的一生,他们最后的愿望将是:在遥远未来的一天,终于回家的儿子能看到一个更美好的家园。

中国太阳正在飞离地球轨道,它在东方的天空中渐渐暗下去,它周围的蓝天也慢慢缩为一点,最后,它将变为一颗星星融入群星之中,但早在这之前,恒星太阳的曙光就会把它完全淹没。

曙光也照亮了村前的这条小路,现在它的两旁已种上了两排白杨,不远处还有一条与它平行的小河。二十四年前的那天,也是在这清晨时分,在同样的曙光下,一个西北农家的孩子怀着朦胧的希望在这条小路上渐渐远去。

这时北京的天已经大亮,陆海仍站在航天大厦的楼顶,望着中国太阳最后消失的位置,它已踏上了漫长的不归路。中国太阳将首先进入金星轨道之内,尽可能地接近太阳,以获得更大的加速光压和更长的加速距离,这将通过一系列复杂的变轨飞行来实现,其行驶方式很像大航海时代驶逆向风的帆船。七十天后,它将通过火星轨道;一百六十天后,它将掠过木星;两年后,它将飞出冥王星轨道成为一艘恒星际飞船,飞船上的所有人将进入冬眠;四十五年后它将掠过半人马座,宇航员们将短暂苏醒,自中国太阳启程一个世纪后,地球才能收到他们发回的关于半人马座的探测信息;这时,中国太阳正在飞向天狼星的路上,由于半人马座三星的加速,它的速度将达到光速的百分之十五,将于六十年后,也就是自地球启程一个世纪后到达天狼星,当中国太阳掠过这个由天狼星 A、B 构成的双星系统后,它的速度将增加到光速的十分之二,向星空的更深处飞去。按照飞船上生命冬眠系统能维持的时间极限,中国太阳有可能到达波江座-ε 星,甚至可能(虽然这种可能性很小很小)最后到达鲸鱼座 79 星,这些恒星被认为可能有行星存在。

谁也不知道中国太阳将飞多远,水娃他们将看到什么样的神奇世界,也许有一天他们对地球发出一声呼唤,要上千年才能得到回音。但水娃始终会牢记母亲行星上的一个叫中国的国度，牢记那个国度西部一片干旱土地上的一个小村庄,牢记村前的那条小路,他就是从那里启程的。

刘慈欣

刹车时代

我没见过黑夜,我没见过星星,我没见过春天、秋天和冬天。

我出生在刹车时代结束的时候,那时地球刚刚停止转动。

地球自转刹车用了四十二年,比联合政府的计划长了三年。妈妈给我讲过我们全家看最后一个日落的情景,太阳落得很慢,仿佛在地平线上停住了,用了三天三夜才落下去,当然,以后没有"天"也没有"夜"了,东半球在相当长的一段时间里(有十几年吧)将处于永远的黄昏中,因为太阳在地平线下并没落深,还在半边天上映出它的光芒。就在那次漫长的日落中,我出生了。

黄昏并不意味着昏暗,地球发动机把整个北半球照得通明。地球发动机安装在亚洲和美洲大陆上,因为只有这两个大陆完整坚实的版块结构才能承受发动机对地球巨大的推力。地球发动机共有一万二千台,分布在亚洲和美洲大陆的各个平原上。从我住的地方，可以看到几百台发动机喷出的等离子体光柱。你想象一个巨大的宫殿，有雅典卫城上的神殿那么大，殿中有无数根顶天立地的巨柱，每根柱子像一根巨大的日光灯管那样发出蓝白色的强光。而你，是那巨大宫殿地板上的一个细菌，这样，你就可以想象到我所在的世界是什么样子了。其实这样描述还不是太准确，是地球发动机产生的切线推力分量刹住了地球的自转，因此地球发动机的喷射必须有一定的角度，这样天空中的那些巨型光柱是倾斜的，我们是处在一个将要倾倒的巨殿中！南半球的人来到北半球后突然置身于这个环境中，有许多人会精神失常的。比这景象更可怕的是发动机带来的酷热，户外气温高达摄氏七八十度，必须穿冷却服才能外出。在这样的气温下常常会有暴雨，而发动机光柱穿过乌云时的景象简直是一场噩梦！光柱蓝白色的强光在云中散射，变成无数种色彩组成的疯狂涌动的光晕，整个天空仿佛被白热的火山岩浆所覆盖。爷爷老糊涂了，有一次被酷热折磨得实在受不了，看到下大雨喜出望外，赤膊冲出门去，我们没来得及拦住他。外面雨点已被地球发动机超高温的等离子光柱烤热，把他身上烫起了一层皮。

但对于我们这一代在北半球出生的人来说，这一切都很自然，就如同对于刹车时代以前的人们，太阳星星和月亮那么自然，我们把那以前人类的历史都叫作前太阳时代，那真是个让人神往的黄金时代啊！

我在小学入学时，作为一门课程，教师带我们班的三十个孩子进行了一次环球旅行。这时地球已经完全停转，地球发动机除了维持这个行星的这种静止状态外，只进行一些姿态调整，所以在从我三岁到六岁这三年中，光柱的光度大为减弱，这使得我们可以在这次旅行中更好地认识我们的世界。

我们首先在近距离见到了地球发动机，是在石家庄附近的太行山出口处看到它的，那是一座金属的高山，在我们面前赫然耸立，占据了半个天空，同它相比，西边的太行山山脉如同一串小土丘。有的孩子惊叹它如珠峰一样高。我们的班主任小星老师是一位漂亮姑娘，她笑着告诉我们，这座发动机的高度是一万一千米，比珠峰还要高一千多米，人们管它们叫"上帝的喷灯"。我们站在它巨大的阴影中，感受着它通过大地转来的振动。

地球发动机分为两大类，大一些的叫"山"，小一些的叫"峰"。我们登上了"华北794号山"。登"山"比登"峰"花的时间长，因为"峰"是靠巨型电梯上下的，上"山"则要坐汽车沿盘"山"公路走。我们的汽车混在不见首尾的长车队中，沿着光滑的钢铁公路向上爬行。我们的左边是青色的金属峭壁，右边是万丈深渊。车队是由50吨的巨型自卸卡车组成，车上满载着从太行山上挖下的岩石。汽车很快升到了5000米以上，下面的大地已看不清细节，只能看到反射的地球发动机的一片青光。小星老师让我们戴上氧气面罩。随着我们距喷口越来越近，光度和温度都在剧增，面罩的颜色渐渐变深，冷却服中的微型压缩机也大功率地忙碌起来。在6000米处，我们见到了进料口，一车车的大石块倒进那闪着幽幽红光的大洞中，一点声音都没传出来。我问小星老师地球发动机是如何把岩石做燃料的。

"重元素聚变是一门很深的学问，现在给你们还讲不明白。你们只需要知道，地球发动机是人类建造的力量最大的机器，比如我们所在的华北794号，全功率运行时能向大地产生150亿吨的推力。"

我们的汽车终于登上了顶峰，喷口就在我们头顶上。由于光柱的直径太大，我们现在抬头看到的是一堵发着蓝光的等离子体巨墙，这巨墙向上延伸到无限高处。这时,我突然想起不久前的一堂哲学课,那个憔悴的老师给我们出了一个谜语。

"你在平原上走着走着,突然迎面遇到一堵墙,这墙向上无限高,向下无限深,向左无限远,向右无限远,这墙是什么?"

我打了一个寒战,接着把这个谜语告诉了身边的小星老师。她想了好大一会儿,困惑地摇摇头。我把嘴凑到她耳边,把那个可怕的谜底告诉她。

"死亡。"她默默地看了我几秒钟,突然把我紧紧地抱在怀里。我从她的肩上极目望去,迷蒙的大地上,耸立着一片金属的巨峰,从我们周围一直延伸到地平线。巨峰吐出的光柱,如一片倾斜的宇宙森林,刺破我们的摇摇欲坠的天空。

我们很快到达了海边,看到城市摩天大楼的尖顶伸出海面,退潮时白花花的海水从大楼无数的窗子中流出,形成一道道瀑布……刹车时代刚刚结束,其对地球的影响已触目惊心:地球发动机加速造成的潮汐吞没了北半球三分之二的大城市,发动机带来的全球高温融化了极地冰川,更使这大洪水雪上加霜,波及南半球。爷爷在三十年前亲眼看见了百米高的巨浪吞没上海的情景,他现在讲这事的时候眼还直勾勾的。事实上,我们的星球还没启程就已面目全非了,谁知道在以后漫长的外太空流浪中,还有多少苦难在等着我们呢?

我们乘上一种叫船的古老的交通工具在海面上航行。地球发动机的光柱在后面越来越远,一天以后就完全看不见了。这时,大海处在两片霞光之间,一片是西面地球发动机的光柱产生的青蓝色霞光,一片是东方海平面下的太阳产生的粉红色霞光,它们在海面上的反射使大海也分成了闪耀着两色光芒的两部分,我们的船就行驶在这两部分的分界处,这景色真是奇妙。但随着青蓝色霞光的渐渐减弱和粉红色霞光的渐渐增强,一种不安的气氛在船上弥漫开来。甲板见不到孩子们了,他们都躲在船舱里不出来,舷窗的帘子也被紧紧拉上。一天后,我们最害怕的那一时刻终于到来了,我们集合在那间用作教室的大舱中,小星老师庄严地宣布:"孩子们,我们要去看日出了。"

没有人动,我们目光呆滞,像突然冻住一样僵在那儿。小星老师又催了几次,还是没人动地方。她的一位男同事说:"我早就提过,环球体验课应该放在近代史课前面,学生在心理上就比较容易适应了。"

"没那么简单,在近代史课前,他们早就从社会知道一切了。"小星老师说,她接着对几位班干部说,"你们先走,孩子们,不要怕,我小时候第一次看日出也很紧张的,但看过一次就好了。"

孩子们终于一个个站了起来,朝着舱门挪动脚步。这时,我感到一只湿湿的小手抓住了我的手,回头一看,是灵儿。

"我怕……"她嘤嘤地说。

"我们在电视上也看到过太阳,反正都一样的。"我安慰她说。

"怎么会一样呢,你在电视上看蛇和看真蛇一样吗?"

"……反正我们得上去,要不这门课会扣分的!"我和灵儿紧紧拉着手,和其他孩子一起战战兢兢地朝甲板走去,去面对我们人生中的第一次日出。

"其实,人类把太阳同恐惧连在一起也只是这三四个世纪的事。这之前,人类是不怕太阳的,相反,太阳在他们眼中是庄严和壮美的。那时地球还在转动,人们每天都能看到日出和日落。他们对着初升的太阳欢呼,赞颂落日的美丽。"小星老师站在船头对我们说,海风吹动着她的长发,在她身后,海天连线处射出几道光芒,好像海面下的一头大得无法想象的怪兽喷出的鼻息。

终于，我们看到了那令人胆寒的火焰，开始时只是天水连线上的一个亮点，很快增大，渐渐显示出了圆弧的形状。这时，我感到自己的喉咙被什么东西掐住了，恐惧使我窒息，脚下的甲板仿佛突然消失，我在向海的深渊坠下去，坠下去……和我一起下坠的还有灵儿，她那蛛丝般柔弱的小身躯紧贴着我颤抖着；还有其他孩子，其他的所有人，整个世界，都在下坠。这时我又想起了那个谜语，我曾问过哲学老师，那堵墙是什么颜色的，他说应该是黑色的。我觉得不对，我想象中的死亡之墙应该是雪亮的，这就是为什么那道等离子体墙让我想起了它。这个时代，死亡不再是黑色的，它是闪电的颜色，当那最后的闪电到来时，世界将在瞬间变成蒸气。

三个多世纪前，天体物理学家们就发现这太阳内部氢转化为氦的速度突然加快，于是他们发射了上万个探测器穿过太阳，最终建立了这颗恒星完整精确的数学模型。巨型计算机对这个模型计算的结果表明，太阳的演化已向主星序外偏移，氦元素的聚变将在很短的时间内传遍整个太阳内部，由此产生一次叫氦闪的剧烈爆炸，之后，太阳将变为一颗巨大但暗淡的红巨星，它膨胀到如此之大,地球将在太阳内部运行!事实上在这之前的氦闪爆发中,我们的星球已被汽化了。

这一切将在四百年内发生,现在已过了三百八十年。

太阳的灾变将炸毁和吞没太阳系所有适合居住的类地行星,并使所有类木行星完全改变形态和轨道。自第一次氦闪后,随着重元素在太阳中心的反复聚集,太阳氦闪将在一段时间反复发生,这"一段时间"是相对于恒星演化来说的,其长度可能相当于上千个人类历史。所以,人类在以后的太阳系中已无法生存下去,唯一的生路是向外太空恒星际移民,而照人类目前的技术力量,全人类移民唯一可行的目标是人马座比邻星,这是距我们最近的恒星,有4.3光年的路程。以上看法人们已达成共识,争论的焦点在移民方式上。

为了加强教学效果,我们的船在太平洋上折返了两次,又给我们制造了两次日出。现在我们已完全适应了,也相信了南半球那些每天面对太阳的孩子确实能活下去。

以后我们就在太阳下航行了,太阳在空中越升越高,这几天凉爽下来的天气又热了起来。我正在自己的舱里昏昏欲睡,听到外面有骚乱的人声。灵儿推开门探进头来。

"嗨，飞船派和地球派又打起来了！"

我对这事儿不感兴趣，他们已经打了四个世纪了。但我还是到外面看了看，在那打成一团的几个男孩儿中，一眼就看出了挑起事儿的是阿东，他爸爸是个顽固的飞船派，因参加一次反联合政府的暴动，现在还被关监狱里，有其父必有其子。

小星老师和几名粗壮的船员好不容易才拉开架，阿东鼻子血糊糊的，振臂高呼："把地球派扔到海里去！"

"我也是地球派，也要扔到海里去？"小星老师问。

"地球派都扔到海里去！"阿东毫不示弱，现在，在全世界飞船派情绪又呈上升趋势，所以他们又狂起来了。

"为什么这么恨我们？"小星老师问，其他几个飞船派小子接着喊了起来。

"我们不和地球派傻瓜在地球上等死！"

"我们要坐飞船走！飞船万岁！"

……

小星老师按了一下手腕上的全息显示器，我们面前的空中立刻显示出一幅全息图像，孩子们的注意力立刻被它吸引过去，暂时安静下来。那是一个晶莹透明的密封玻璃球,大约有10厘米直径,球里有三分之二充满了水,水中有一只小虾、一小枝珊瑚和一些绿色的藻类植物,小虾在水中悠然地游动着。小星老师说:"这是阿东的一件自然课的设计作业,小球中除了这几样东西外,还有一些看不见的细菌。它们在密封的玻璃球中相互依赖、相互作用。小虾以海藻为食,从水中摄取氧气,然后排出含有机物质的粪便和二氧化碳废气,细菌将这些东西分解成无机物质和二氧化碳,然后海藻利用了这些无机物质与人造阳光进行光合作用,制造营养物质,进行生长和繁殖,同时放出氧气供小虾呼吸。这样的生态循环应该能使玻璃球中的生物在只有阳光供应的情况下生生不息。这是我见过的最好的课程设计,我知道,这里面凝聚了阿东和所有飞船派孩子的梦想,这就是你们梦中飞船的缩影啊!阿东告诉我,他按照计算机中严格的数学模型,对球中每一样生物进行了基因设计,使他们的新陈代谢正好达到平衡。他坚信,球中的生命世界会长期活下去,直到小虾寿命的终点。老师们都很钟爱这件作业,我们把它放到所要求强度的人造阳光下,也坚信阿东的预测,默默地祝福他创造的这个小小的世界。但现在,时间只过去了十几天……"

小星老师从随身带来的一个小箱子中小心翼翼地拿

出了那个玻璃球,死去的小虾漂浮在水面上,水已混浊不堪,腐烂的藻类植物已失去了绿色,变成一团没有生命的毛状物覆盖在珊瑚上。

"这个小世界死了。孩子们,谁能说出为什么?"小星老师把那个死亡的世界举到孩子们面前。

"它太小了!"

"说得对,太小了,小的生态系统,不管多么精确,是经不起时间的风浪的。飞船派们想象中的飞船也一样。"

"我们的飞船可以造的像上海或纽约那么大。"阿东说,声音比刚才低了许多。

"是的,按人类目前的技术也只能造这么大,同地球相比,这样的生态系统还是太小了,太小了。"

"我们会找到新的行星。"

"这连你们自己也不相信。人马座没有行星,最近的有行星的恒星在八百五十光年以外,目前人类能建造的最快的飞船也只能达到光速的百分之零点五,这样就需十七万年时间才能到那儿,飞船规模的生态系统连这十分之一的时间都维持不了。孩子们,只有像地球这样规模的生态系统,这样气势磅礴的生态循环,才能使生命万代不息!人类在宇宙间离开了地球,就像婴儿在沙漠里离开了母亲！"

"可……老师，我们来不及的，地球来不及的，它还来不及加速到足够快，航到足够远，太阳就爆炸了！"

"时间是够的，要相信联合政府！这我说了多少遍，如果你们还不相信，我们就退一万步说：人类将自豪地去死，因为我们尽了最大的努力！"

人类的逃亡分为五步：第一步，用地球发动机使地球停止转动，使发动机喷口固定在地球运行的反方向；第二步，全功率开动地球发动机，使地球加速到逃逸速度，飞出太阳系；第三步，在外太空继续加速，飞向比邻星；第四步，在中途使地球重新自转，调转发动机方向，开始减速；第五步，地球泊入比邻星轨道，成为这颗恒星的卫星。人们把这五步分别称为刹车时代、逃逸时代、流浪时代I（加速）、流浪时代II（减速）、新太阳时代。

整个移民过程将延续两千五百年时间，一百代人。

我们的船继续航行，航到了地球黑夜的部分，在这里，阳光和地球发动机的光柱都照不到，在大西洋清凉的海风中，我们这些孩子第一次看到了星空。天啊，那是怎样的景象啊，美得让我们心碎。小星老师一手搂着我们，一手指着星空："看，孩子们，那就是人马座，那就是比邻星,那就是我们的新家!"说完她哭了起来,我们也都跟着哭了,周围的水手和船长,这些铁打的汉子也流下了眼泪。所有的人都用泪眼探望着老师指的方向,星空在泪水中扭曲抖动,唯有那个星星是不动的,那是黑夜大海狂浪中远方陆地的灯塔,那是冰雪荒原中快要冻死的孤独旅人前方隐现的火光,那是我们心中的星星,是人类在未来一百代人的苦海中唯一的希望和支撑……

在回家的航程中,我们看到了启航的第一个信号:夜空中出现了一个巨大的彗星,那是月球。人类带不走月球,就在月球上也安装了行星发动机,把它推离地球轨道,以免在地球加速时相撞。月球上行星发动机产生的巨大彗尾使大海笼罩在一片蓝光之中,群星看不见了。月球移动产生的引力潮汐使大海巨浪冲天,我们改乘飞机向南半球的家飞去。

启航的日子终于到了!

我们一下飞机,就被地球发动机的光柱照得睁不开眼,这些光柱比以前亮了几倍,而且所有光柱都由倾斜变成笔直,地球发动机开到了最大功率,加速产生的百米巨浪轰鸣着滚上每个大陆,灼热的飓风夹着滚烫的水沫,在林立的顶天立地的等离子光柱间疯狂呼啸,拔起了陆地上所有的大树……这时从宇宙空间看，我们的星球也成了一个巨大的彗星，蓝色的彗尾刺破了黑暗的太空。

地球上路了，人类上路了。

就在启航时，爷爷去世了，他身上的烫伤已经感染。弥留之际他反复念叨着一句话——

"啊，地球，我的流浪地球啊……"

逃 逸 时 代

学校要搬入地下城了，我们是第一批入城的居民。校车钻进了一个高大的隧洞，隧洞成不大的坡度向地下延伸。走了有半个钟头，我们被告之已入城了。可车窗外哪有城市的样子？只看到不断掠过的错综复杂的支洞，和洞壁上无数的密封门，在高高洞顶一排泛光灯下，一切都呈单调的金属蓝色。想到后半生的大部分时光都要在这个世界中度过，我们不禁黯然神伤。

"原始人就住洞里，我们又住洞里了。"灵儿低声说，这话还是让小星老师听见了。

"没有办法的，孩子们，地面的环境很快就要变得很可怕很可怕，那时，冷的时候，吐一口唾沫，还没掉到地上呢,就冻成小冰块儿了;热的时候,再吐一口唾沫,还没掉到地上,就变成蒸气了!"

"冷我知道,因为地球离太阳越来越远了;可为什么还会热呢?"同车的一个低年级的小娃娃问。

"笨,没学过变轨加速吗?"我没好气地说。

"没。"

灵儿耐心地解释起来,好像是为了分散刚才的悲伤:"是这样,跟你想的不同,地球发动机没那么大劲儿,它只能给地球很小的加速度,不能把地球一下子推出太阳轨道,在地球离开太阳前,还要绕着它转15个圈呢!在这15个圈中地球慢慢加速。现在,地球绕太阳转着一个挺圆的圈儿,可它的速度越快呢,这圈就越扁,越快越扁越快越扁,太阳越来越移到这个扁圈的一边儿,所以后来,地球有时离太阳会很远很远,当然冷了……"

"可……还是不对!地球到最远的地儿是很冷,可在扁圈的另一头儿,它离太阳……嗯,我想想,按轨道动力学,还是现在这么近啊,怎么会更热呢?"

真是个小天才,记忆遗传技术使这样的小娃娃成了平常人,这是人类的幸运,否则,像地球发动机这样连神都不敢想的奇迹,是不会在四个世纪内变成现实的。

我说:"可还有地球发动机呢,小傻瓜,现在,一万多台那样的大喷灯全功率开动,地球就成了火箭喷口的护圈了……你们安静点吧,我心里烦!"

我们就这样开始了地下的生活,像这样在地下五百米处人口超过百万的城市遍布各个大陆。在这样的地下城中,我读完小学并升入中学。学校教育都集中在理工科上,艺术和哲学之类的教育已压缩到最少,人类没有这份闲心了。这是人类最忙的时代,每个人都有做不完的工作。很有意思的是,地球上所有的宗教在一夜之间消失得无影无踪。历史课还是有的,只是课本中前太阳时代的人类历史对我们就像伊甸园中的神话一样。

父亲是空军的一名近地轨道宇航员,在家的时间很少。记得在变轨加速的第五年,在地球处于远日点时,我们全家到海边去过一次。运行到远日点顶端那一天,是一个如同新年或圣诞节一样的节日,因为这时地球距太阳最远,人们都有一种虚幻的安全感。像以前到地面上去一样,我们需穿上带有核电池的全密封加热服。外面,地球发动机林立的刺目光柱是主要能看见的东西,地面世界的其他部分都淹没于光柱的强光中,也看不出变化。我们乘飞行汽车飞了很长时间,到了光柱照不到的地方,到了能看见太阳的海边。这时的太阳已成了一个棒球大小，一动不动地悬在天边，它的光芒只在自己的周围映出了一圈晨曦似的亮影，天空呈暗暗的深蓝色，星星仍清晰可见。举目望去，哪有海啊，眼前是一片白茫茫的冰原。在这封冻的大海上，有大群狂欢的人。焰火在暗蓝色的空中开放，冰冻海面上的人们以一种不正常的忘情在狂欢着，到处都是喝醉了在冰上打滚的人，更多的人在声嘶力竭地唱着不同的歌，都想用自己的声音压住别人。

"每个人都在不顾一切地过自己想过的生活，这也没有什么不好。"爸爸突然想起了一件事，"呵，忘了告诉你们，我爱上了黎星，我要离开你们和她在一起。"

"她是谁？"妈妈平静地问。

"我的小学老师。"我替爸爸回答。我升入中学已两年，不知道爸爸和小星老师是怎么认识的，也许是在两年前的毕业仪式上？

"那你去吧。"妈妈说。

"过一阵我肯定会厌倦，那时我就回来，你看呢？"

"你要愿意当然行。"妈妈的声音像冰冻的海面一样平稳，但很快激动起来，"啊，这一颗真漂亮，里面一定有全息散射体！"她指着刚在空中开放的一朵焰火，真诚地赞美着。

在这个时代，人们在看四个世纪以前的电影和小说时都莫名其妙，他们不明白，前太阳时代的人怎么会在不关生死的事情上倾注那么多的感情。当看到男女主人公为爱情而痛苦或哭泣时，他们的惊奇是难以言表的。在这个时代，死亡的威胁和逃生的欲望压倒了一切，除了当前太阳的状态和地球的位置，没有什么能真正引起他们的注意并打动他们了。这种注意力高度集中的关注，渐渐从本质上改变了人类的心理状态和精神生活，对于爱情这类东西，他们只是用余光瞥一下而已，就像赌徒在盯着轮盘的间隙抓住几秒钟喝口水一样。

过了两个月，爸爸真从小星老师那儿回来了，妈妈没有高兴，也没有不高兴。

爸爸对我说："黎星对你印象很好，她说你是一个有创造力的学生。"

妈妈一脸茫然："她是谁？"

"小星老师嘛，我的小学老师，爸爸这两个月就是同她在一起的！"

"哦，想起来了！"妈妈摇头笑了，"我还不到四十，记忆力就成了这个样子。"她抬头看看天花板上的全息星空,又看看四壁的全息森林,"你回来挺好,把这些图像换换吧,我和孩子都看腻了,但我们都不会调整这玩意儿。"

当地球再次向太阳跌去的时候,我们全家都把这事忘了。

有一天,新闻报道海在融化,于是我们全家又到海边去。这是地球通过火星轨道的时候,按照这时太阳的光照量,地球的气温应该仍然是很低的,但由于地球发动机的影响, 地面的气温正适宜。能不穿加热服或冷却服去地面,那感觉真令人愉快。地球发动机所在的这个半球天空还是那个样子,但到达另一个半球时,真正感到了太阳的临近:天空是明朗的纯蓝色,太阳在空中已同启航前一样明亮了。可我们从空中看到海并没融化,还是一片白色的冰原。当我们失望地走出飞行汽车时,听到惊天动地的隆隆声,那声音仿佛来自这颗星球的最深处,真像地球要爆炸一样。

"这是大海的声音!"爸爸说,"因为气温骤升,厚厚的海冰层受热不均匀,这很像陆地上的地震。"

突然,一声雷霆般尖利的巨响插进这低沉的隆隆声中,我们后面看海的人们欢呼起来。我看到海面上裂开一道长缝, 其开裂速度之快如同广阔的冰原上突然出现的一道黑色的闪电。接着在不断的巨响中,这样的裂缝一条接一条地在海冰上出现,海水从所有的裂缝中喷出,在冰原上形成一条条迅速扩散的急流……

回家的路上,我们看到荒芜已久的大地上,野草在大片大片地钻出地面,各种花朵在怒放,嫩叶给枯死的森林披上绿装……所有的生命都在抓紧时间发泄着活力。

随着地球和太阳的距离越来越近,人们的心也一天天揪紧了。到地面上来欣赏春色的人越来越少,大部分人都深深地躲进了地下城中,这不是为了躲避即将到来的酷热、暴雨和飓风,而是躲避那随着太阳越来越近的恐惧。有一天在我睡下后听到妈妈低声对爸爸说:"可能真的来不及了。"

爸爸说:"前四个近日点时也有这种谣言。"

"可这次是真的,我是从钱德勒博士夫人口中听说的,她丈夫是航行委员会的那个天文学家,你们都知道他的。他亲口告诉她已观测到氦的聚集在加速。"

"你听着亲爱的,我们必须抱有希望,这并不是因为希望真的存在,而是因为我们要做高贵的人。在前太阳时代,做一个高贵的人必须拥有金钱、权力或才能,而在今天只要拥有希望,希望是这个时代的黄金和宝石,不管活多长，我们都要拥有它！明天把这话告诉孩子。"

　　和所有的人一样，我也随着近日点的到来而心神不定。有一天放学后，我不知不觉走到了城市中心广场，在广场中央有喷泉的圆形水池边呆立着，时而低头看着蓝莹莹的池水，时而抬头望着广场圆形穹顶上梦幻般的光波纹，那是池水反射上去的。这时我看到了灵儿，她拿着一个小瓶子和一根小管儿，在吹肥皂泡。每吹出一串，她都呆呆地盯着空中飘浮的泡泡，看着它们一个个消失，然后再吹出一串……

　　"都这么大了还干这个，这好玩吗？"我走过去问她。

　　灵儿见了我以后喜出望外："我们俩去旅行吧！"

　　"旅行？去哪？"

　　"当然是地面啦！"她挥手在空中划了一下，从手腕上的计算机甩一幅全息景象，显示出一个落日下的海滩，微风吹拂着棕榈树，道道白浪，金黄的沙滩上有一对对的情侣，他们在铺满碎金的海面前呈一对对黑色的剪影，"这是梦娜和大刚发回来的，他们俩现在还满世界转呢，他们说外面现在还不太热，外面可好呢，我们去吧！"

　　"他们因为旷课刚被学校开除了。"

　　"哼，你根本不是怕这个，你是怕太阳！"

"你不怕吗？别忘了你因为怕太阳还看过精神病医生呢。"

"可我现在不一样了，我受到了启示！你看，"灵儿用小管儿吹出了一串肥皂泡，"盯着它看！"她用手指着一个肥皂泡说。

我盯着那个泡泡，看到它表面上光和色的狂澜，那狂澜以人的感觉无法把握的复杂和精细在涌动，好像那个泡泡知道自己生命的长度，疯狂地把自己渺如烟海的记忆中无数的梦幻和传奇向世界演绎。很快，光和色的狂澜在一次无声的爆炸中消失了，我看到了一小片似有似无的水汽，这水汽也只存在了半秒钟，然后什么都没有了，好像什么都没有存在过。

"看到了吗？地球就是宇宙中的一个小水泡，啪一下，什么都没了，有什么好怕的呢？"

"不是这样的，据计算，在氦闪发生时，地球被完全蒸发掉至少需要一百个小时。"

"这就是最可怕之处了！"灵儿大叫起来，"我们在这地下五百米，就像馅饼里的肉馅一样，先给慢慢烤熟了，再蒸发掉！"

一阵冷战传遍我的全身。

"但在地面就不一样了，那里的一切瞬间被蒸发，地面上的人就像那泡泡一样，啪一下……所以，氦闪时还是在地面上为好。"

不知为什么，我没同她去，她就同阿东去了，我以后再也没见到他们。

氦闪并没有发生，地球高速掠过了近日点，第六次向远日点升去，人们绷紧的神经松弛下来。由于地球自转已停止，在太阳轨道的这一面，亚洲大陆上的地球发动机正对它的运行方向，所以在通过近日点前都停了下来，只是偶尔做一些调整姿态的运行，我们这儿处于宁静而漫长的黑夜之中。美洲大陆上的发动机则全功率运行，那里成了火箭喷口的护圈。由于太阳这时也处于西半球，那儿的高温更是可怕，草木生烟。

地球的变轨加速就这样年复一年地进行着。每当地球向远日点升去时，人们的心也随着地球与太阳距离的日益拉长而放松；而当它在新的一年向太阳跌去时，人们的心一天天紧缩起来。每次到达近日点，社会上就谣言四起，说太阳氦闪就要在这时发生了；直到地球再次升向远日点，人们的恐惧才随着天空中渐渐变小的太阳平息下来，但又在准备着下一次的恐惧……人类的精神像在荡着一个宇宙秋千,更适当地说,在经历着一场宇宙俄罗斯轮盘赌:升上远日点和跌向太阳的过程是在转动弹仓,掠过近日点时则是扣动扳机!每扣一次时的神经比上一次更紧张,我就是在这种交替的恐惧中度过了自己的少年时代。其实仔细想想,即使在远日点,地球也未脱离太阳氦闪的威力圈,如果那时太阳爆发,地球不是被气化而是被慢慢液化,那种结果还真不如在近日点。

在逃逸时代,大灾难接踵而至。

由于地球发动机产生的加速度及运行轨道的改变,地核中铁镍核心的平衡被扰动,其影响穿过古腾堡不连续面,波及地幔,各个大陆地热逸出,火山横行,这对于人类的地下城市是致命的威胁。从第六次变轨周期后,在各大陆的地下城中,岩浆渗入,灾难频繁发生。

那天当警报响起来的时候,我正走在放学回家的路上,听到市政厅的广播:"F112市全体市民注意,城市北部屏障已被地应力破坏,岩浆渗入!岩浆渗入!现在岩浆流已到达第四街区!公路出口被封死,全体市民到中心广场集合,通过升降向地面撤离。注意,撤离时按危急法第五条行事,强调一遍,撤离时按危急法第五条行事!"

我环视了一下四周迷宫般的通道,地下城现在看上去并没有什么异常,但我知道现在的危险:只有两条通向外部的地下公路,其中一条去年因加固屏障的需要已被堵死,如果剩下的这条也堵死了,就只有通过经竖井直通地面的升降梯逃命了。升降梯的载运量很小,要把这座城市的36万人运出去需要很长时间。但也没有必要去争夺生存的机会,联合政府的危急法把一切都安排好了。

古代曾有过一个伦理学问题:当洪水到来时,一个只能救走一个人的男人,是去救他的父亲呢,还是去救他的儿子?在这个时代的人看来,提出这个问题很不可理解。

当我到达中心广场时,看到人们已按年龄排起了长长的队。最靠近电梯口的是由机器人保育员抱着的婴儿,然后是幼儿园的孩子,再往后是小学生……我排在队伍中间靠前的部分。爸爸现在在近地轨道值班,城里只有我和妈妈,我现在看不到妈妈,就顺着几公里长的队身后跑,没跑多远就被士兵拦住了。我知道她在最后一段,因为这个城市主要是学校集中地,家庭很少,她已经算年纪大的那批人了。

长队以让人心里着火的慢速度向前移动,三个小时后轮到我跨进升降梯时,心里一点都不轻松,因为这时在妈妈和生存之间,还隔着两万多名大学生呢!而我已闻到了浓烈的硫黄味……

　　我到地面两个半小时后，岩浆在就在五百米深的地下吞没了整座城市。我心如刀绞地想象着妈妈最后的时刻：她同没能撤出的一万八千人一起，看着岩浆涌进市中心广场。那时已经停电，整个地下城只有岩浆那可怖的暗红色光芒。广场那高大的白色穹顶在高温中渐渐变黑，所有的遇难者可能还没接触到岩浆，就被这上千度的高温夺去了生命。

　　但生活还在继续，在这严酷恐惧的现实中，爱情仍不时闪现出迷人的火花。为了缓解人们的紧张情绪，在第十二次到达远日点时，联合政府居然恢复了中断达两个世纪的奥运会。我作为一名机动冰橇拉力赛的选手参加了奥运会，比赛是驾驶机动冰橇，从上海出发，从冰面上横穿封冻的太平洋，到达终点纽约。

　　发令枪响过之后，上百只雪橇在冰冻的海洋上以每小时二百公里左右的速度出发了。开始还有几只雪橇相伴，但两天后，他们或前或后，都消失在地平线之外。这时背后地球发动机的光芒已经看不到了，我正处于地球最黑的部分。在我眼中，世界就是由广阔的星空和向四面无限延伸的冰原组成的，这冰原似乎一直延伸到宇宙的尽头,或者它本身就是宇宙的尽头。而在无限的星空和无限的冰原组成的宇宙中,只有我一个人!雪崩般的孤独感压倒了我,我想哭。我拼命地赶路,名次已无关紧要,只是为了在这可怕的孤独感杀死我之前尽早地摆脱它,而那想象中的彼岸似乎根本就不存在。

就在这时,我看到天边出现了一个人影。近了些后,我发现那是一个姑娘,正站在她的雪橇旁,她的长发在冰原上的寒风中飘动着。你知道这时遇见一个姑娘意味着什么,我们的后半生由此决定了。她是日本人,叫山彬加代子。女子组比我们先出发十二个小时,她的雪橇卡在冰缝中,把一根滑竿卡断了。我一边帮她修雪橇,一边把自己刚才的感觉告诉她。

"您说得太对了,我也是那样的感觉!是的,好像整个宇宙中就只有你一个人!知道吗,我看到您从远方出现时,就像看到太阳升起一样耶!"

"那你为什么不叫救援飞机?"

"这是一场体现人类精神的比赛,要知道,流浪地球在宇宙中是叫不到救援的!"她挥动着小拳头,以日本人特有的执着说。

"不过现在总得叫了,我们都没有备用滑竿,你的雪橇修不好了。"

"那我们坐您的雪橇一起走好吗？如果您不在意名次的话。"

我当然不在意，于是我和加代子一起在冰冻的太平洋上走完了剩下的漫长路程。经过夏威夷后，我们看到了天边的曙光。在这被那个小小的太阳照亮的无际冰原上，我们向联合政府的民政部发去了结婚申请。

当我们到达纽约时，这个项目的裁判们早等得不耐烦，收摊走了。但有一个民政局的官员在等着我们，他向我们致以新婚的祝贺，然后开始履行他的职责：他挥手在空中划出一个全息图像，上面整齐地排列着几万个圆点，这是这几天全世界向联合政府登记结婚的数目。由于环境的严酷，法律规定每三对新婚配偶中只有一对有生育权，抽签决定。加代子对着半空中那几万个点犹豫了半天，点了中间的一个。当那个点变为绿色时，她高兴得跳了起来。但我的心中却不知是什么滋味，我的孩子出生在这个苦难的时代，是幸运还是不幸呢？那个官员倒是兴高采烈，他说每当一对儿"点绿"的时候他都十分高兴，他拿出了一瓶伏特加，我们三个轮着一人一口地喝着，都为人类的延续干杯。我们身后，遥远的太阳用它微弱的光芒给自由女神像镀上了一层金辉,对面,是已无人居住的曼哈顿的摩天大楼群,微弱的阳光把它们的影子长长地投在纽约港寂静的冰面上,醉意蒙眬的我,眼泪涌了出来。

地球,我的流浪地球啊!

分手前,官员递给我们一串钥匙,醉醺醺地说:"这是你们在亚洲分到的房子,回家吧,哦,家多好啊!"

"有什么好的?"我漠然地说,"亚洲的地下城充满危险,这你们在西半球当然体会不到。"

"我们马上也有你们体会不到的危险了,地球又要穿过小行星带,这次是西半球对着运行方向。"

"上几个变轨周期也经过小行星带,不是没什么大事吗?"

"那只是擦着小行星带的边缘走,太空舰队当然能应付,他们可以用激光和核弹把地球航线上的那些小石块都清除掉。但这次……你们没看新闻?这次地球要从小行星带正中穿过去!舰队只能对付那些大石块,唉……"

在回亚洲的飞机上,加代子问我:"那些石块很大吗?"

我父亲现在就在太空舰队干那件工作,所以尽管政府为了避免惊慌照例封锁消息,我还是知道一些情况。我告诉加代子,那些石块大得像一座大山,五千万吨级的热核炸弹只能在上面打出一个小坑。"他们就要使用人类手中的威力最大的武器了!"我神秘地告诉加代子。

"你是说反物质炸弹?!"

"还能是什么?"

"太空舰队的巡航范围是多远?"

"现在他们力量有限,我爸说只有一百五十万公里左右。"

"啊,那我们能看到了!"

"最好别看。"

加代子还是看了,而且是没戴护目镜看的。反物质炸弹的第一次闪光是在我们起飞不久后从太空传来的,那时加代子正在欣赏飞机舷窗外空中的星星,这使她的双眼失明了一个多小时,以后的一个多月都红肿流泪。那真是让人心惊肉跳的时刻,反物质炮弹不断地击中小行星,湮灭的强光此起彼伏地在漆黑的太空中闪现,仿佛宇宙中有一群巨人围着地球用闪光灯疯狂拍照似的。

半小时后,我们看到了火流星,它们拖着长长的火尾划破长空,给人一种恐怖的美感。火流星越来越多,每一个在空中划过的距离越来越长。突然,机身在一声巨响中震颤了一下,紧接着又是连续的巨响和震颤。加代子惊叫着扑到我怀中,她显然以为飞机被流星击中了,这时舱里响起了机长的声音。

"请各位乘客不要惊慌,这是流星冲破音障产生的超音速爆音,请大家戴上耳机,否则您的听觉会受到永久的损害。由于飞行安全已无法保证,我们将在夏威夷紧急降落。"

这时我盯住了一个火流星,那个火球的体积比别的大出许多,我不相信它能在大气中烧完。果然,那火球疾驰过大半个天空,越来越小,但还是坠入了冰海。从万米高空看到,海面被击中的位置出现了一个小白点,那白点立刻扩散成一个白色的圆圈,圆圈迅速在海面扩大。

"那是浪吗?"加代子颤着声儿问我。

"是浪,上百米的浪。不过海封冻了,冰面会很快使它衰减的。"我自我安慰地说,不再看下面。

我们很快在檀香山降落,由当地政府安排去地下城。我们的汽车沿着海岸走,天空中布满了火流星,那些红发恶魔好像是从太空中的某一个点同时迸发出来的。一颗流星在距海岸不远处击中了海面,没有看到水柱,但水蒸气形成的白色蘑菇云高高地升起。涌浪从冰层下传到岸边,厚厚的冰层轰隆隆地破碎了,冰面显出了浪的形状,好像有一群柔软的巨兽在下面排着队游过。

"这块有多大?"我问那位来接应我们的官员。

"不超过五公斤,不会比你的脑袋大吧。不过刚接到通知,在北方八百公里的海面上,刚落下一颗二十吨左右的。"

这时他手腕上的通讯机响了,他看了一眼后对司机说:"来不及到204号门了,就近找个入口吧!"

汽车拐了个弯,在一个地下城入口前停了下来。我们下车后,看到入口外有几个士兵,他们都一动不动地盯着远方的一个方向,眼里充满了恐惧。我们都顺着他们的目光看去,在天海连线处,我们看到一层黑色的屏障,初一看好像是天边低低的云层,但那"云层"的高度太齐了,像一堵横在天边的长墙,再仔细看,墙头还镶着一线白边。

"那是什么呀?"加代子怯生生地问一个军官,得到的回答让我们毛发直竖。

"浪。"

地下城高大的铁门隆隆地关上了,约莫过了十分钟,我们感到从地面传来的低沉的声音,咕噜噜的,像一个巨人在地面打滚。我们面面相觑,大家都知道,百米高的巨浪正在滚过夏威夷，也将滚过各个大陆。但另一种震动更吓人，仿佛有一只巨拳从太空中不断地击打地球，在地下这震动并不大，只能隐约感到，但每一个震动都直达我们灵魂深处。这是流星在不断地击中地面。

我们的星球所遭到的残酷轰炸断断续续持续了一个星期。

当我们走出地下城时，加代子惊叫："天啊，天怎么是这样的！"

天空是灰色的，这是因为高层大气弥漫着小行星撞击陆地时产生灰尘，星星和太阳都消失在这无际的灰色中，仿佛整个宇宙在下着一场大雾。地面上，滔天巨浪留下的海水还没来得及退去就封冻了，城市幸存的高楼形单影只地立在冰面上，挂着长长的冰凌柱。冰面上落了一层撞击尘，于是这个世界只剩下一种颜色：灰色。

我和加代子继续回亚洲的旅行。在飞机越过早已无意义的国际日期变更线时，我们见到了人类所见过的最黑的黑夜，飞机仿佛潜行的墨汁的海洋中。看着机舱外那没有一丝光线的世界，我们的心情也暗到了极点。

"什么时候到头呢？"加代子喃喃地说。我不知道她指的是这个旅程还是这充满苦难和灾难的生活，我现在觉得两者都没有尽头。是啊，即使地球航出了氦闪的威力圈，我们得以逃生，又怎么样呢？我们只是那漫长阶梯的最下一级，当我们的一百代重孙爬上阶梯的顶端，见到新生活的光明时，我们的骨头都变成灰了。我不敢想象未来的苦难和艰辛，更不敢想象要带着爱人和孩子走过这条看不到头的泥泞路，我累了，实在走不动了……就在我被悲伤和绝望窒息的时候，机舱里响起了一声女人的惊叫："啊！不！不能！亲爱的！！"

我循声看去，见那个女人正从旁边的一个男人手中夺下一支手枪，他刚才显然想把枪口凑到自己的太阳穴上。这人很瘦弱，目光呆滞地看着前方无限远处。女人把头埋在他膝上，嘤嘤地哭了起来。

"安静。"男人冷冷地说。

哭声消失了，只有飞机发动机的嗡嗡声在轻响，像不变的哀乐。在我的感觉中，飞机已粘在这巨大的黑暗中，一动不动，而整个宇宙，除了黑暗和飞机，什么都没有了。加代子紧紧钻进我怀里，浑身冰凉。

突然，机舱前部有一阵骚动，有人在兴奋地低语。我向窗外看去，发现飞机前方出现了一片朦胧的光亮，那光亮是蓝色的，没有形状，十分均匀地出现在前方弥漫着撞击尘的夜空中。

那是地球发动机的光芒。

西半球的地球发动机已被陨石击毁了三分之一，但损失比启航前的预测要少；东半球的地球发动机由于背向撞击面，完好无损。从功率上来说，它们是能使地球完成逃逸航行的。

在我眼中，前方朦胧的蓝光，如同从深海漫长的上浮后看到的海面的亮光，我的呼吸又顺畅起来。

我又听到那个女人的声音："亲爱的，痛苦呀恐惧呀这些东西，也只有在活着时才能感觉到，死了，死了什么也没有了，那边只有黑暗。还是活着好，你说呢？"

那瘦弱的男人没有回答，他盯着前方的蓝光看，眼泪流了下来。我知道他能活下去了，只要那希望的蓝光还亮着，我们就都能活下去，我又想起了父亲关于希望的那些话。

一下飞机，我和加代子没有去我们在地下城中的新家，而是到设在地面的太空舰队基地去找父亲，但在基地，我只见到了追授他的一枚冰冷的勋章。这勋章是一名空军少将给我的，他告诉我，在清除地球航线上的小行星的行动中，一块被反物质炸弹炸出的小行星碎片击中了父亲的单座微型飞船。

"当时那个石块和飞船的相对速度有每秒一百公里，撞击使飞船座舱瞬间汽化了，他没有一点痛苦，我向您保证，没有一点痛苦。"将军说。

当地球又向太阳跌回去的时候，我和加代子又到地面上来看春天，但没有看到。世界仍是一片灰色，阴暗的天空下，大地上分布着由残留海水形成的一个个冰冻湖泊，见不到一点绿色。大气中的撞击尘挡住了阳光，使气温难以回升。甚至在近日点，海洋和大地都没有解冻，太阳呈一个朦胧的光晕，仿佛是撞击尘后面的一个幽灵。

三年以后，空中的撞击尘才有所消散，人类终于最后一次通过近日点，向远日点升去。在这个近日点，东半球的人有幸目睹了地球历史上最快的一次日出和日落。太阳从海平面上一跃而起，迅速划过长空，大地上万物的影子在很快地变换着角度，仿佛是无数根钟表的秒针。这也是地球上最短的一个白天，只有不到一个小时。当一小时后太阳跌入地平线，黑暗降临大地时，我感到一阵伤感。这转瞬即逝的一天，仿佛是对地球在太阳系四十五亿年进化史的一个短暂的总结。直到宇宙的末日，它不会再回来了。

"天黑了。"加代子忧伤地说。

"最长的一夜。"我说。东半球的这一夜将延续两千五百年，一百代人后，人马座的曙光才能再次照亮这个大陆。西半球也将面临最长的白天，但比这里的黑夜要短得多。在那里，太阳将很快升到天顶，然后一直静止在那个位置上渐渐变小，在半世纪内，它就会融入星群难以分辨了。

按照预定的航线，地球升向与木星的会合点。航行委员会的计划是：地球第15圈的公转轨道是如此之扁，以至于它的远日点到达木星轨道，地球将与木星在几乎相撞的距离上擦身而过，在木星巨大引力的拉动下，地球将最终达到逃逸速度。

离开近日点后两个月，就能用肉眼看到木星了，它开始只是一个模糊的光点，但很快显出圆盘的形状，又过了一个月，木星在地球上空已有满月大小了，呈暗红色，能隐约看到上面的条纹。这时，15年来一直垂直的地球发动机光柱中有一些开始摆动，地球在做会合前最后的姿态调整，木星渐渐沉到了地平线下。以后的三个多月，木星一直处在地球的另一面，我们看不到它，但知道两颗行星正在交会之中。

　　有一天，我们突然被告知东半球也能看到木星了。于是人们纷纷从地下城中来到地面。当我走出城市的密封门来到地面时，发现开了15年的地球发动机已经全部关闭了，我再次看到了星空，这表明同木星最后的交会正在进行。人们都在紧张地盯着西方的地平线，地平线上出现了一片暗红色的光，那光区渐渐扩大，伸延到整个地平线的宽度。我现在发现那暗红色的区域上方同漆黑的星空有一道整齐的边界，那边界呈弧形，那巨大的弧形从地平线的一端跨到了另一端，在缓缓升起，巨弧下的天空都变成了暗红色，仿佛一块同星空一样大小的暗红色幕布在把地球同整个宇宙隔开。当我回过神来时，不由倒吸一口冷气，那暗红色的幕布就是木星！我早就知道木星的体积是地球的1300倍，现在才真正感觉到它的巨大。这宇宙巨怪在整个地平线上升起时产生的那种恐惧和压抑感是难以用语言描述的，一名记者后来写道："不知是我身处噩梦中，还是这整个宇宙都是一个造物主巨大而变态的头脑中的噩梦！"木星恐怖地上升着，渐渐占据了半个天空。这时，我们可以清楚地看到它云层中的风暴，那风暴把云层搅动成让人迷茫的混乱线条，我知道那厚厚的云层下是沸腾的液氢和液氦的大洋。著名的大红斑出现了,这个在木星表面维持了几十万年的大旋涡大得可以吞下整个地球。这时木星已占满了整个天空,地球仿佛是浮在木星沸腾的暗红色云海上的一只气球!而木星的大红斑就处在天空正中,如一只红色的巨眼盯着我们的世界,大地笼罩在它那阴森的红光中……这时,谁都无法相信小小的地球能逃出这巨大怪物的引力场,从地面上看,地球甚至连成为木星的卫星都不可能,我们就要掉进那无边云海覆盖着的地狱中去了!但领航工程师们的计算是精确的,暗红色的迷乱的天空在缓缓移动着,不知过了多长时间,西方的天边露出了黑色的一角,那黑色迅速扩大,其中有星星在闪烁,地球正在冲出木星的引力魔掌。这时警报尖叫起来,木星产生的引力潮汐正在向内陆推进,后来得知,这次大潮百多米高的巨浪再次横扫了整个大陆。在跑进地下城的密封门时,我最后看了一眼仍占据半个天空的木星,发现木星的云海中有一道明显的划痕,后来知道,那是地球引力作用在木星表面的痕迹,我们的星球也在木星表面拉起了如山的液氢和液氦的巨浪。这时,木星巨大的引力正在把地球加速甩向外太空。

离开木星时,地球已达到了逃逸速度,它不再需要返回潜藏着死亡的太阳,向广漠的外太空飞去,漫长的流浪时代开始了。

就在木星暗红色的阴影下，我的儿子在地层深处出生了。

叛　乱

离开木星后，亚洲大陆上一万多台地球发动机再次全功率开动,这一次它们要不停地运行500年,不停地加速地球。这500年中,发动机将把亚洲大陆上一半的山脉用作燃料消耗掉。

从四个多世纪死亡的恐惧中解脱出来，人们长出了一口气。但预料中的狂欢并没有出现,接下来发生的事情出乎所有人的想象。

在地下城的庆祝集会后，我一个人穿上密封服来到地面。童年时熟悉的群山已被超级挖掘机夷为平地，大地上只有裸露的岩石和坚硬的冻土，冻土上到处有白色的斑块，那是大海潮留下的盐渍。面前那座爷爷和爸爸度过了一生的曾有千万人口的大城市现在已是一片废墟,高楼钢筋外露的残骸在地球发动机光柱的蓝光中拖着长长的影子，好像是史前巨兽的化石……一次次的洪水和小行星的撞击已摧毁了地面上的一切，各大陆上的城市和植被都荡然无存，地球表面已变成火星一样的荒漠。

这一段时间，加代子心神不定。她常常扔下孩子不管，一个人开着飞行汽车出去旅行，回来后，只是说她去了西半球。最后，她拉我一起去了。

我们的飞行汽车以四倍音速飞行了两个小时，终于能够看到太阳了，它刚刚升出太平洋，这时看上去只有棒球大小，给冰封的洋面投下一片微弱的、冷冷的光芒。加代子把飞行汽车悬停在五千米的空中，然后从后面拿出了一个长长的东西，去掉封套后我看到那是一架天文望远镜，业余爱好者用的那种。加代子打开车窗，把望远镜对准太阳，让我看。

从有色镜片中我看到了放大几百倍的太阳，我甚至清楚地看到太阳表面的缓缓移动的明暗斑点，还有日球边缘隐隐约约的日珥。

加代子把望远镜同车内的计算机联起来，把一个太阳影像采集下来。然后，她又调出了另一个太阳图像，说："这个是四个世纪前的太阳图像。"接着，计算机对两个图像进行比较。

"看到了吗？"加代子指着屏幕说，"它们的光度、像素排列、像素概率、层次统计等参数都完全一样！"

我摇摇头说："这能说明什么？一架玩具望远镜，一个低级图像处理程序，加上你这个无知的外行……别自寻烦恼了，别信那些谣言！"

"你是个白痴。"她说着，收回望远镜，把飞行汽车向回开去。这时，在我们的上方和下方，我又远远地看到了几辆飞行汽车，同我们刚才一样悬在空中，从每辆车的车窗中都伸出一架望远镜对着太阳。

以后的几个月中，一个可怕的说法像野火一样在全世界蔓延。越来越多的人自发地用更大型更精密的仪器观测太阳。后来，一个民间组织向太阳发射了一组探测器，它们在三个月后穿过日球。探测器发回的数据最后证实了那个事实。

同四个世纪前相比，太阳没有任何变化。

现在，各大陆的地下城已成了一座座骚动的火山，局势一触即发。一天，按照联合政府的法令，我和加代子把儿子送进了养育中心。回家的路上我们俩都感到维系我们关系的唯一纽带已不存在了。走到市中心广场，我们看到有人在演讲，另一些人在演讲者周围向市民分发武器。

"公民们！地球被出卖了！人类被出卖了！！文明被出卖了！！！我们都是一个超级骗局的牺牲品！这个骗局之巨大之可怕，上帝都会为之休克！太阳还是原来的太阳，它不会爆发，过去现在将来都不会，它是永恒的象征！爆发的是联合政府中那些人阴险的野心！他们编造了这一切，只是为了建立他们的独裁帝国！他们毁了地球！他们毁了人类文明！！公民们，有良知的公民们！拿起武器，拯救我们的星球！拯救人类文明！！我们要推翻联合政府，控制地球发动机，把我们的星球从这寒冷的外太空开回原来的轨道！开回到我们的太阳温暖的怀抱中！！"

加代子默默地走上前去，从分发武器的人手中接过了一支冲锋枪，加入那些拿到武器的市民的队列中，她没有回头，同那支庞大的队列一起消失在地下城的迷雾里。我呆呆地站在那儿，手在衣袋中紧紧攥着父亲用生命和忠诚换来的那枚勋章，它的边角把我的手扎出了血……

三天后，叛乱在各个大陆同时爆发了。

叛军所到之处，人民群起响应，到现在，很少有人怀疑自己受骗了。但我加入了联合政府的军队，这并非由于对政府的坚信，而是我三代前辈都有过军旅生涯，他们在我心中种下了忠诚的种子，不论在什么情况下，背叛联合政府对我来说是一件不可想象的事。

　　美洲、非洲、大洋洲和南极洲相继沦陷，联合政府收缩防线死守地球发动机所在的东亚和中亚。叛军很快对这里构成包围态势，他们对政府军占有压倒优势，之所以在相当长一段时间里攻势没有取得进展，完全是由于地球发动机。叛军不想毁掉地球发动机，所以在这一广阔的战区没有使用重武器，使得联合政府得以苟延残喘。这样双方相持了三个月，联合政府的十二个集团军相继临阵倒戈，中亚和东亚防线全线崩溃。两个月后，大势已去的联合政府连同不到十万军队在靠近海岸的地球发动机控制中心陷入重围。

　　我就是这残存军队中的一名少校。控制中心有一座中等城市大小，它的中心是地球驾驶室。我拖着一条被激光束烧焦的手臂，躺在控制中心的伤兵收容站里。就是在这儿，我得知加代子已在澳洲战役中阵亡。我和收容站里所有的人一样，整天喝得烂醉，对外面的战事全然不知，也不感兴趣。不知过了多久，听到有人在高声说话。

　　"知道你们为什么这样吗？你们在自责，在这场战争中，你们站到了反人类的一边，我也一样。"

　　我转头一看，发现讲话的人肩上有一颗将星，他接着说:"没关系的,我们还有最后的机会拯救自己的灵魂。地球驾驶室距我们这儿只有三个街区,我们去占领它,把它交给外面理智的人类!我们为联合政府已尽到了责任,现在该为人类尽责任了!"

我用那支没受伤的手抽出手枪,随着这群突然狂热起来的受伤和没受伤的人,沿着钢铁的通道,向地球驾驶室冲去。出乎预料,一路上我们几乎没遇到抵抗,倒是有越来越多的人从错综复杂的钢铁通道的各个分支中加入我们。最后,我们来到了一扇巨大的门前,那钢铁大门高得望不到顶。它轰隆隆地打开了,我们冲进了地球驾驶室。

尽管以前无数次在电视中看到过,所有的人还是被驾驶室的宏伟震惊了。从视觉上看不出这里的大小,因为驾驶室淹没在一幅巨型全息图中。那是一幅太阳系的模拟图。整个图像实际就是一个向所有方向无限伸延的黑色空间,我们一进来,就悬浮在这空间之中。由于尽量反映真实的比例,太阳和行星都很小很小,小得像远方的萤火虫,但能分辨出来。以那遥远的代表太阳的光点为中心,一条醒目的红色螺旋线扩展开来,像广阔的黑色洋面上迅速扩散的红色波圈。这是地球的航线。在螺旋线最外面的一点上，航线变成明亮的绿色，那是地球还没有完成的路程。那条绿线从我们的头顶掠过，顺着看去，我们看到了灿烂的星海，绿线消失在星海的深处，我们看不到它的尽头。在这广漠的黑色的空间中，还飘浮着许多闪亮的灰尘，其中几个尘粒飘近，我发现那是一块块虚拟屏幕，上面翻滚着复杂的数字和曲线。

我看到了全人类瞩目的地球驾驶台，它好像是飘浮在黑色空间中的一个银白色的小行星，看到它我更难以把握这里的巨大——驾驶台本身就是一个广场，现在上面密密麻麻地站着五千多人，包括联合政府的主要成员、负责实施地球航行计划的星际移民委员会的大部分，和那些最后忠于政府的人。这时，我听到最高执政官的声音在整个黑色空间响了起来。

"我们本来可以战斗到底的，但这可能导致地球发动机失控，这种情况一旦发生，过量聚变的物质将烧穿地球，或蒸发全部海洋，所以我们决定投降。我们理解所有的人，因为已经进行了四十代人、还要延续一百代人的艰难奋斗中，永远保持理智确实是一个奢求。但也请所有的人记住我们，站在这里的这五千多人，这里有联合政府的最高执政官，也有普通的列兵，是我们把信念坚持到了最后。我们都知道自己看不到真理被证实的那一天，但如果人类得以延续万代，以后所有的人将在我们的墓前洒下自己的眼泪，这颗叫地球的行星，就是我们永恒的纪念碑！"

控制中心巨大的密封门隆隆开启，那五千多名最后的地球派一群群走了出来，在叛军的押送下向海岸走去。一路上两边挤满了人，所有人都冲他们吐唾沫，用冰块和石块砸他们。他们中有人密封服的面罩被砸裂了，外面零下一百多度的严寒使那些人的脸麻木了，但他们仍努力地走下去。我看到一个小女孩，举起一大块冰用尽全身力气狠命地向一个老者砸去，她那双眼睛透过面罩射出疯狂的怒火。

当我听到这五千人全部被判处死刑时，觉得太宽容了。难道仅仅一死吗？这一死就能偿清他们的罪恶吗？！能偿清他们用一个离奇变态的想象和骗局毁掉地球、毁掉人类文明的罪恶吗？他们应该死一万次！这时，我想起了那些做出太阳爆发预测的天体物理学家，那些设计和建造地球发动机的工程师，他们在一个世纪前就已作古，我现在真想把他们从坟墓中挖出来，让他们也死一万次。

真感谢死刑的执行者们，他们为这些罪犯找了一种好的死法：他们收走了被判死刑的每个人密封服上加热用的核能电池，然后把他们丢在大海的冰面上，让零下百度的严寒慢慢夺去他们的生命。

这些人类文明史上最险恶最可耻的罪犯在冰海上站了黑压压的一片，在岸上有十几万人在看着他们，十几万双牙齿咬得嘣嘣响，十几万双眼睛喷出和那个小女孩一样的怒火。

这时，所有的地球发动机都已关闭，壮丽的群星出现在冰原之上。

我能想象出严寒像无数把尖刀刺进他们的身体，他们的血液在凝固，生命从他们的体内一点点流走，这想象中的感觉变成一种快感，传遍我的全身。看到那些人在严寒的折磨中慢慢死去，岸上的人们快活起来，他们一起唱起了《我的太阳》。我唱着，眼睛看着星空的一个方向，在那个方向上，有一颗稍大些刚刚显出圆盘形状的星星发出黄色的光芒，那就是太阳。

啊，我的太阳，生命之母，万物之父，我的大神，我的上帝！还有什么比您更稳定，还有什么比您更永恒，我们这些渺小的，连灰尘都不如的碳基细菌，拥挤在围着您转的一粒小石头上，竟敢预言您的末日，我们怎么能蠢到这个程度?!

一个小时过去了，海面上那些反人类的罪犯虽然还全都站着，但已没有一个活人，他们的血液已被冻结了。

我的眼睛突然什么都看不见了，几秒钟后，视力渐渐恢复，冰原、海岸和岸上的人群又在眼前慢慢显影，最后完全清晰了，而且比刚才更清晰，因为这个世界现在笼罩在一片强烈的白光中，刚才我眼睛的失明正是由于这突然出现的强光的刺激。但星空没有重现，所有的星光都被这强光所淹没，仿佛整个宇宙都被强光融化了，这强光从太空中的一点迸发出来，那一点现在成了宇宙中心，那一点就在我刚才盯着的方向。

太阳氦闪爆发了。

《我的太阳》的合唱戛然而止，岸上的十几万人呆住了，似乎同海面上那些人一样，冻成了一片僵硬的岩石。

太阳最后一次把它的光和热洒向地球。地面上的冰结的二氧化碳干冰首先融化，腾起了一阵白色的蒸气；然后海冰表面也开始融化，受热不均的大海冰层发出惊天动地的巨响；渐渐地，照在地面上的光柔和起来，天空出现了微微的蓝色；后来，强烈的太阳风产生的极光在空中出现，苍穹中飘动着巨大的彩色光幕……

在这突然出现的灿烂阳光下，海面上最后的地球派们仍稳稳地站着，仿佛五千多尊雕像。

太阳爆发只持续了很短的时间，两个小时后强光开始急剧减弱，很快熄灭了。在太阳的位置上出现了一个暗红色球体，它的体积慢慢膨胀，最后从这里看它，已达到了在地球轨道上看到的太阳大小，那么它的实际体积已大到越出火星轨道，而水星、火星和金星这三颗地球的伙伴行星这时已在上亿度的辐射中化为一缕轻烟。但它已不是太阳，它不再发出光和热，看去如同贴在太空中一张冰冷的红纸，它那暗红色的光芒似乎是周围星光的散射。这就是小质量恒星演化的最后归宿：红巨星。

50亿年的壮丽生涯已成为飘逝的梦幻，太阳死了。

幸运的是，还有人活着。

流浪时代

当我回忆这一切时，半个世纪已过去了。二十年前，地球航出了冥王星轨道，航出了太阳系，在寒冷广漠的外太空继续着它孤独的航程。

最近一次去地面是十几年前的事了，那是儿子和儿媳陪我去的，儿媳是一个金发碧眼的姑娘，就要做母亲了。

到地面后，我首先注意到，虽然所有地球发动机仍全功率地运行，巨大的光柱却看不到了，这是因为地球大气已消失，等离子体的光芒没有散射的缘故。我看到地面上布满了奇怪的黄绿相间的半透明晶体块，这是固体氧氮，是已冻结的空气。有趣的是空气并没有均匀地冻结在地球表面，而是形成了小山丘似的不规则的隆起，在原来平滑的大海冰原上，这些半透明的小山形成了奇特的景观。银河系的星河纹丝不动地横过天穹，也像被冻结了，但星光很亮，看久了还刺眼呢！

地球发动机将不间断地开动500年，到时地球将加速至光速的千分之五，然后地球将以这个速度滑行1300年，之后地球就走完了三分之二的航程，它将调转发动机的方向，开始长达500年的减速，地球在航行2400年后到达比邻星，再过100年时间，它将泊入这颗恒星的轨道，成为它的一颗卫星。

我知道已被忘却

流浪的航程太长太长

但那一时刻要叫我一声啊

当东方再次出现霞光

我知道已被忘却

启航的时代太远太远

但那一时刻要叫我一声啊

当人类又看到了蓝天

我知道已被忘却

太阳系的往事太久太久

但那一时刻要叫我们一声啊

当鲜花重新挂上枝头

……

　　每当听到这首歌，一股暖流就涌进我这年迈僵硬的身躯，我干涸的老眼又湿润了。我好像看到人马座三颗金色的太阳在地平线上依次升起，万物沐浴在它温暖的光芒中。固态的空气熔化了，变成了碧蓝的天。两千多年前的种子从解冻的土层中复苏，大地绿了。我看到我的第一百代孙子孙女们在绿色的草原上欢笑，草原上有清澈的小溪,溪中有银色的小鱼……我看到了加代子,她从绿色的大地上向我跑来,年轻美丽,像个天使……

啊,地球,我的流浪地球……

刘慈欣

他知道，这最后一课要提前讲了。

又一阵剧痛从肝部袭来，几乎使他晕厥过去。他已没气力下床了，便艰难地移近床边的窗口。月光映在窗纸上，银亮亮的，使小小的窗户看上去像是通向另一个世界的门，那个世界的一切一定都是银亮亮的，像用银子和不冻人的雪做成的盆景。他颤颤地抬起头，从窗纸的破洞中望出去，幻觉立刻消失了，他看到了远处自己度过了一生的村庄。

村庄静静地卧在月光下，像是百年前就没人似的。那些黄土高原上特有的平顶小屋，形状上同村子周围的黄土包没啥区别，在月夜中颜色也一样，整个村子仿佛已融入这黄土坡之中。只有村前那棵老槐树很清楚，树上干枯枝杈间的几个老鸦窝更是黑黑的，像是滴在这暗银色画面上的几滴醒目的墨点……其实村子也有美丽温暖的时候，比如秋收时，外面打工的男人女人们大都回来了，村里有了人声和笑声，家家屋顶上是金灿灿的玉米，打谷场上娃们在秸秆堆里打滚；再比如过年的时候，打谷场被汽灯照得通亮,在那里连着几天闹红火,摇旱船,舞狮子。那几个狮子只剩下咔嗒作响的木头脑壳,上面油漆都脱了,村里没钱置新狮子皮,就用几张床单代替,玩得也挺高兴……但十五一过,村里的青壮年都外出打工挣生活去了,村子一下没了生气。只有每天黄昏,当稀拉拉几缕炊烟升起时,村头可能出现一两个老人,扬起山核桃一样的脸,眼巴巴地望着那条通向山外的路,直到在老槐树挂住的最后一抹夕阳消失。天黑后,村里早早就没了灯光,娃娃和老人们睡得都早,电费贵,现在到了一块八一度了。

这时村里隐约传出了一声狗叫,声音很轻,好像那狗在说梦话。他看着村子周围月光下的黄土地,突然觉得那好像是纹丝不动的水面。要真是水就好了,今年是连着第五个旱年了,要想有收成,又要挑水浇地了。想起田地,他的目光向更远方移去,那些小块的山田,月光下像一个巨人登山时留下的一个个脚印。在这只长荆条和毛蒿的石头山上,田也只能是这么东一小块西一小块的,别说农机,连牲口都转不开身,只能凭人力种了。去年一家什么农机厂到这儿来,推销一种微型手扶拖拉机,可以在这些巴掌大的地里干活儿。那东西真是不错,可村里人说他们这是闹笑话哩!他们想过那些巴掌地能产出多少东西来吗？就是绣花似的种，能种出一年的口粮就不错了，遇上这样的旱年，可能种子钱都收不回来呢！为这样的田买那三五千一台的拖拉机，再搭上两块多一升的柴油?！唉，这山里人的难处，外人哪能知晓呢？

这时，窗前走过了几个小小的黑影，这几个黑影在不远的田垄上围成一圈蹲下来，不知要干什么。他知道这都是自己的学生，其实只要他们在近旁，不用眼睛他也能感觉到他们的存在，这直觉是他一生积累出来的，只是在这生命的最后时间里更敏锐了。

他甚至能认出月光下的那几个孩子，其中肯定有刘宝柱和郭翠花。这两个孩子都是本村人，本来不必住校的，但他还是收他们住了。刘宝柱的爹十年前买了个川妹子成亲，生了宝柱，五年后娃大了，对那女人看得也松了，结果有一天她跑回四川了，还卷走了家里所有的钱。这以后，宝柱爹也变得不成样儿了，开始是赌，同村子里那几个老光棍一样，把个家折腾得只剩四堵墙一张床；然后是喝，每天晚上都用八毛钱一斤的地瓜烧把自己灌得烂醉，拿孩子出气，每天一小揍三天一大揍，直到上个月的一天半夜，抡了根烧火棍差点把宝柱的命要了。郭翠花更惨了，要说她妈还是正经娶来的，这在这儿可是个稀罕事，男人也很光荣了,可好景不长,喜事刚办完大家就发现她是个疯子,之所以迎亲时没看出来,大概是吃了什么药。本来嘛,好端端的女人哪会到这穷得鸟都不拉屎的地方来?但不管怎么说,翠花还是生下来了,并艰难地长大。但她那疯妈妈的病也越来越重,犯起病来,白天拿菜刀砍人,晚上放火烧房,更多的时间还是在阴森森地笑,那声音让人汗毛直竖……

剩下的都是外村的孩子了,他们的村子距这里最近的也有十里山路,只能住校了。在这所简陋的乡村小学里,他们一住就是一个学期。娃们来时,除了带自己的铺盖,每人还背了一袋米或面,十多个孩子在学校的那个大灶做饭吃。当冬夜降临时,娃们围在灶边,看着菜面糊糊在大铁锅中翻腾,灶膛里秸秆橘红色的火光映在他们脸上……这是他一生中看到过的最温暖的画面,他会把这画面带到另一个世界的。

窗外的田垄上,在那圈娃们中间,亮起了几点红色的小火星星,在这一片银灰色的月夜的背景上,火星星的红色格外醒目。这些娃们在烧香,接着他们又烧起纸来,火光把娃们的形象以橘红色在冬夜银灰色的背景上显现出来,这使他又想起了那灶边的画面。他脑海中还出了另外一个类似的画面：当学校停电时（可能是因为线路坏了，但大多数时间是因为交不起电费），他给娃们上晚课。他手里举着一根蜡烛照着黑板，"看见不？"他问。"看不显！"娃们总是这样回答。那么一点点亮光，确实难看清，但娃们缺课多，晚课是必须上的。于是他再点上一根蜡，手里两根举着。"还是不显！"娃们喊。他于是再点上一根，虽然还是看不清，娃们不喊了，他们知道再喊老师也不会加蜡了，蜡太多了也是点不起的。烛光中，他看到下面那群娃们的面容时隐时现，像一群用自己的全部生命拼命挣脱黑暗的小虫虫。

娃们和火光，娃们和火光，总是娃们和火光，总是夜中的娃们和火光，这是这个世界深深刻在他脑子中的画面，但始终不明其含义。

他知道娃们是在为他烧香和烧纸，他们以前多次这么干过，只是这次，他已没有力气像以前那样斥责他们迷信了。他用尽了一生在娃们的心中燃起科学和文明的火苗，但他明白，同笼罩着这偏远山村的愚昧和迷信相比，那火苗是多么弱小，像这深山冬夜中教室里的那根蜡烛。半年前，村里的一些人来到学校，要从本来已很破旧的校舍取下椽子木，说是修村头的老君庙用。问他们校舍没顶了,娃们以后住哪儿,他们说可以睡教室里嘛,他说那教室四面漏风,大冬天能住?他们说反正都外村人。他拿起一根扁担和他们拼命,结果被人家打断了两根肋骨。好心人抬着他走了三十多里山路,送到了镇医院。

就是在那次检查伤势时,意外发现他患了食道癌。这并不稀奇,这一带是食道癌高发区。镇医院的医生恭喜他因祸得福,因为他的食道癌现处于早期,还未扩散,动手术就能治愈,食道癌是手术治愈率最高的癌症之一,他算捡了条命。

于是他去了省城,去了肿瘤医院,在那里他问医生动一次这样的手术要多少钱,医生说像你这样的情况可以住我们的扶贫病房,其他费用也可适当减免,最后下来不会太多的,也就两万多元吧。想到他来自偏远山区,医生接着很详细地给他介绍住院手续怎么办,他默默地听着,突然问:"要是不手术,我还有多长时间?"

医生呆呆地看了他好一阵儿,才说:"半年吧。"并不解地看到他长出了一口气,好像得到了很大安慰。

至少能送走这届毕业班了。

他真的拿不出这两万多元。虽然民办教师工资很低,但干了这么多年,孤身一人无牵无挂,按说也能攒下一些钱了。只是他把钱都花在娃们身上了,他已记不清给多少学生代交了学杂费,最近的就有刘宝柱和郭翠花;更多的时候,他看到娃们的饭锅里没有多少油星星,就用自己的工资买些肉和猪油回来……反正到现在,他全部的钱也只有手术所需用的十分之一。

沿着省城那条宽长的大街,他向火车站走去。这时天已黑了,城市的霓虹灯开始发出迷人的光芒,那光芒之多彩之斑斓,让他迷惑;还有那些高楼,一入夜就变成了一盏盏高耸入云的巨大彩灯。音乐声在夜空中飘荡,疯狂的、轻柔的,走一段一个样。

就在这个不属于他的世界里,他慢慢地回忆起自己不算长的一生。他很坦然,各人有各人的命,早在二十年前初中毕业回到山村小学时,他就选定了自己的命。再说,他这条命很大一部分是另一位乡村教师给的。他就是在自己现在任教的这所小学度过童年的,他爹妈死得早,那所简陋的乡村小学就是他的家,他的小学老师把他当亲儿子待,日子虽然穷,但他的童年并不缺少爱。那年,放寒假了,老师要把他带回自己的家里过冬。老师的家很远,他们走了很长的积雪的山路,当看到老师家所在的村子的一点灯光时,已是半夜了。这时他们看到身后不远处有四点绿莹莹亮光,那是两双狼眼。那时山里狼很多的,学校周围就能看到一堆堆狼屎。有一次他淘气,把那灰白色的东西点着扔进教室里,使浓浓的狼烟充满了教室,把娃们都呛得跑了出来,让老师很生气。现在,那两只狼向他们慢慢逼近,老师折下一根粗树枝,挥动着它拦住狼的来路,同时大声喊着让他向村里跑。他当时吓糊涂了,只顾跑,只想着那狼会不会绕过老师来追他,只想着会不会遇到其他的狼。当他上气不接下气地跑进村子,然后同几个拿猎枪的汉子去接老师时,发现他躺在一片已冻成糊状的血泊中,半条腿和整只胳膊都被狼咬掉了。老师在送往镇医院的路上就咽了气,当时在火把的光芒中,他看到了老师的眼睛,老师的腮帮被深深地咬下一大块,已说不出话,但用目光把一种心急如焚的牵挂传给了他,他读懂了那牵挂,记住了那牵挂。

初中毕业后,他放弃了在镇政府里一个不错的工作机会,直接回到了这个举目无亲的山村,回到了老师牵挂的这所乡村小学,这时,学校因为没有教师已荒废好几年了。

前不久,教委出台新政策,取消了民办教师,其中的一部分经考试考核转为公办。当他拿到教师证时,知道自己已成为一名国家承认的小学教师了，很高兴，但也只是高兴而已，不像别的同事们那么激动。他不在乎什么民办公办，他只在乎那一批又一批的娃们，从他的学校读完了小学，走向生活。不管他们是走出山去还是留在山里，他们的生活同那些没上过一天学的娃们总是有些不一样的。

　　他所在的山区，是这个国家最贫困的地区之一。但穷不是最可怕的，最可怕的是那里的人们对现状的麻木。记得那是好多年前了，搞包产到户，村里开始分田，然后又分其他的东西。对于村里唯一的一台拖拉机，大伙对于油钱怎么出、机时怎么分配总也谈不拢，最后唯一大家都能接受的办法是把拖拉机分了，真的分了，你家拿一个轮子他家拿一根轴……再就是两个月前，有一家工厂来扶贫，给村里安了一台潜水泵，考虑到用电贵，人家还给带了一台小柴油机和足够的柴油，挺好的事儿，但人家前脚走，村里后脚就把机器都卖了，连泵带柴油机，只卖了一千五百块钱，全村好吃了两顿，算是过了个好年……一家皮革厂来买地建厂，什么不清楚就把地卖了，那厂子建起后，硝皮子的毒水流进了河里，渗进了井里，人一喝了那些水浑身起红疙瘩，就这也没人在乎，还沾沾自喜那地卖了个好价钱……看村里那些娶不上老婆的光棍汉们，每天除了赌就是喝,但不去种地,他们能算清:穷到了头县里每年总会有些救济,那钱算下来也比在那巴掌大的山地里刨一年土坷垃挣得多……没有文化,人们都变得下作了,那里的穷山恶水固然让人灰心,但真正让人感到没指望的,是山里人那呆滞的目光。

他走累了,就在人行道边坐下来。他面前,是一家豪华的大餐馆,那餐馆靠街的一整堵墙全是透明玻璃,华丽的枝形吊灯把光芒投射到外面。整个餐馆像一个巨大的鱼缸,里面穿着华贵的客人们则像一群多彩的观赏鱼。他看到在靠街的一张桌子旁坐着一个胖男人,这人头发和脸似乎都在冒油,使他看上去像用一大团表面涂了油的蜡做的。他两旁各坐着一个身材高挑穿着暴露的女郎,那男人转头对一个女郎说了句什么,把她逗得大笑起来,那男人跟着笑起来,而另一个女郎则娇嗔地用两个小拳头捶那个男的……真没想到还有个子这么高的女孩子,秀秀的个儿,大概只到她们一半……他叹了口气,唉,又想起秀秀了。

秀秀是本村唯一一个没有嫁到山外的姑娘,也许是因为她从未出过山,怕外面的世界,也许是别的什么原因。他和秀秀好过两年多,最后那阵好像就成了,秀秀家里也通情达理，只要一千五百块的肚疼钱(注：西北一些农村地区彩礼的一个名目，意思是对娘生女儿肚子疼的补偿)。但后来，村子里一些出去打工的人赚了些钱回来，和他同岁的二蛋虽不识字但脑子活，去城里干起了挨家挨户清洗抽油烟机的活儿，一年下来竟能赚个万把块。前年回来待了一个月，秀秀不知怎的就跟这个二蛋好上了。秀秀一家全是睁眼瞎，家里粗糙的干打垒墙壁上，除了贴着一团一团用泥巴和起来的瓜种子，还划着长长短短的道道儿，那是她爹多少年来记的账……秀秀没上过学，但自小对识文断字的人有好感，这是她同他好的主要原因。但二蛋的一瓶廉价香水和一串镀金项链就把这种好感全打消了，"识文断字又不能当饭吃。"秀秀对他说。虽然他知道识文断字是能当饭吃的，但具体到他身上，吃得确实比二蛋差好远，所以他也说不出什么。秀秀看他那样儿，转身走了，只留下一股让他皱鼻子的香水味。

和二蛋成亲一年后，秀秀生娃儿死了。他还记得那个接生婆，把那些锈不拉叽的刀刀铲铲放到火上烧一烧就向里捅。秀秀可倒霉了，血流了一铜盆，在送镇医院的路上就咽气了。成亲办喜事儿的时候，二蛋花了三万块，那排场在村里真是风光死了，可他怎的就舍不得花点钱让秀秀到镇医院去生娃呢?后来他一打听,这花费一般也就二三百,就二三百呀。但村里历来都是这样儿,生娃是从不去医院的。所以没人怪二蛋,秀秀就这命。后来他听说,比起二蛋妈来,她还算幸运。生二蛋时难产,二蛋爹从产婆那儿得知是个男娃,就决定只要娃了。于是二蛋妈被放到驴背上,让那驴子一圈圈走,硬是把二蛋挤出来,听当时看见的人说,在院子里血流了一圈……

想到这里他长出了一口气,笼罩着家乡的愚昧和绝望使他窒息。

但娃们还是有指望的,那些在冬夜寒冷的教室中,盯着烛光照着的黑板的娃们,他就是那蜡烛,不管能点多长时间,发出的光有多亮,他总算是从头点到尾了。

他站起身来继续走,没走多远就拐进了一家书店,城里就是好,还有夜里开门的书店。除了回程的路费,他把身上所有的钱都买了书,以充实他的乡村小学里那小小的图书室。半夜,提着那两捆沉重的书,他踏上了回家的火车。

在距地球五万光年的远方,在银河系的中心,一场延续了两万年的星际战争已接近尾声。

那里的太空中渐渐隐现出一个方形区域，仿佛灿烂的群星的背景被剪出一个方口，这个区域的边长约十万公里，区域的内部是一种比周围太空更黑的黑暗，让人感到一种虚空中的虚空。从这黑色的正方形中，开始浮现出一些实体，它们形状各异，都有月球大小，呈耀眼的银色。这些物体越来越多，并组成一个整齐的立方体方阵。这银色的方阵庄严地驶出黑色正方形，两者构成了一幅挂在宇宙永恒墙壁上的镶嵌画，这幅画以绝对黑体的正方形天鹅绒为衬底，由纯净的银光耀眼的白银小构件整齐地镶嵌而成。这又仿佛是一首宇宙交响乐的固化。渐渐地，黑色的正方形消融在星空中，群星填补了它的位置，银色的方阵庄严地悬浮在群星之间。

银河系碳基联邦的星际舰队，完成了本次巡航的第一次时空跃迁。

在舰队的旗舰上，碳基联邦的最高执政官看着眼前银色的金属大地，大地上布满了错综复杂的纹路，像一块无限广阔的银色蚀刻电路板，不时有几个闪光的水滴状的小艇出现在大地上，沿着纹路以令人目眩的速度行驶几秒钟，然后无声地消失在一口突然出现的深井中。时空跃迁带过来的太空尘埃被电离，成为一团团发着暗红色光的云,笼罩在银色大地的上空。

最高执政官以冷静著称,他周围那似乎永远波澜不惊的淡蓝色智能场就是他人格的象征,但现在,像周围的人一样,他的智能场也微微泛出黄光。

"终于结束了。"最高执政官的智能场振动了一下,把这个信息传送给站在他两旁的参议员和舰队统帅。

"是啊,结束了。战争的历程太长太长,以至于我们都忘记了它的开始。"参议员回答。

这时,舰队开始了亚光速巡航,它们的亚光速发动机同时启动,旗舰周围突然出现了几千个蓝色的太阳,银色的金属大地像一面无限广阔的镜子,把蓝太阳的数量又复制了一倍。

远古的记忆似乎被点燃了.其实,谁能忘记战争的开始呢?这记忆虽然遗传了几百代,但在碳基联邦的万亿公民的脑海中,它仍那么鲜活,那么铭心刻骨。

两万年前的那一时刻,硅基帝国从银河系外围对碳基联邦发动全面进攻。在长达一万光年的战线上,硅基帝国的五百多万艘星际战舰同时开始恒星蛙跳。每艘战舰首先借助一颗恒星的能量打开一个时空蛙洞,然后从这个蛙洞时空跃迁至另一个恒星,再用这颗恒星的能量打开第二个虫洞继续跃迁……由于打开虫洞消耗了恒星大量的能量，使得恒星的光谱暂时向红端移动，当飞船从这颗恒星完成跃迁后，它的光谱渐渐恢复原状。当几百万艘战舰同时进行恒星蛙跳时，所产生的这种效应是十分恐怖的：银河系的边缘出现一条长达一万光年的红色光带，这条光带向银河系的中心移过来。这个景象在光速视界是看不到的，但在超空间监视器上显示出来。那条由变色恒星组成的红带，如同一道一万光年长的血潮，向碳基联邦的疆域涌来。

碳基联邦最先接触硅基帝国攻击前锋的是绿洋星，这颗美丽的行星围绕着一对双星恒星运行，她的表面全部被海洋覆盖。那生机盎然的海洋中漂浮着由柔软的长藤植物构成的森林，温和美丽、身体晶莹透明的绿洋星人在这海中的绿色森林间轻盈地游动，创造了绿洋星伊甸园般的文明。突然，几万道刺目的光束从天而降，硅基帝国舰队开始用激光蒸发绿洋星的海洋。在很短的时间内，绿洋星变成了一口沸腾的大锅，这颗行星上包括五十亿绿洋星人在内的所有生物在沸水中极度痛苦地死去，它们被煮熟的有机质使整个海洋变成了绿色的浓汤。最后海洋全部蒸发了，昔日美丽的绿洋星变成了一个由厚厚蒸气包裹着的地狱般的灰色行星。

这是一场几乎波及整个银河系的星际大战，是银河系中碳基和硅基文明之间惨烈的生存竞争，但双方谁都没有料到战争会持续两万银河年！

现在，除了历史学家，谁也记不清有百万艘以上战舰参加的大战役有多少次了。规模最大的一次超级战役是第二旋臂战役，战役在银河系第二旋臂中部进行，双方投入了上千万艘星际战舰。据历史记载，在那广漠的战场上，被引爆的超新星就达两千多颗，那些超新星像第二旋臂中部黑暗太空中怒放的焰火，使那里变成超强辐射的海洋，只有一群群幽灵似的黑洞漂行于其间。战役的最后，双方的星际舰队几乎同归于尽。一万五千年过去了，第二旋臂战役现在听起来就像上古时代缥缈的神话，只有那仍然存在的古战场证明它确实发生过。但很少有飞船真正进入过古战场，那里是银河系中最恐怖的区域，这并不仅仅是因为辐射和黑洞。当时，双方数量多得难以想象的战舰群为了进行战术机动，进行了大量的超短距离时空跃迁，据说当时的一些星际歼击机，在空间格斗时，时空跃迁的距离竟短到令人难以置信的几千米！这样就把古战场的时空结构搞得千疮百孔，像一块内部被老鼠钻了无数长洞的大乳酪。飞船一旦误入这个区域，可能在一瞬间被畸变的空间扭成一根细长的金属绳，或压成一张面积有几亿平方公里但厚度只有几个原子的薄膜，立刻被辐射狂风撕得粉碎。但更为常见的是飞船变为建造它们时的一块块钢板，或者立刻老得只剩下一个破旧的外壳，内部的一切都变成古老灰尘；人在这里也可能瞬间回到胚胎状态或变成一堆白骨……

但最后的决战不是神话，它就发生在一年前。在银河系第一和第二旋臂之间的荒凉太空中，硅基帝国集结了最后的力量，这支有一百五十万艘星际战舰组成的舰队在自己周围构筑了半径一千光年的反物质云屏障。碳基联邦投入攻击的第一个战舰群刚完成时空跃迁就陷入了反物质云中。反物质云十分稀薄，但对战舰具有极大的杀伤力，碳基联邦的战舰立刻变成一个个刺目的火球，但它们仍奋勇冲向目标。每艘战舰都拖着长长的火尾，在后面留一条发着荧光的航迹，这由三十多万个火流星组成的阵列形成了碳硅战争中最为壮观最为惨烈的画面。在反物质云中，这些火流星渐渐缩小，最后在距硅基帝国战舰阵列很近的地方消失了，但它们用自己的牺牲为后续的攻击舰队在反物质云中打开了一条通道。在这场战役中，硅基帝国的最后舰队被赶到银河系最荒凉的区域：第一旋臂的顶端。

现在，这支碳基联邦舰队将完成碳硅战争中最后一项使命：他们将在第一旋臂的中部建立一条五百光年宽的隔离带，隔离带中的大部分恒星将被摧毁，以制止硅基帝国的恒星蛙跳。恒星蛙跳是银河系中大吨位战舰进行远距离快速攻击的唯一途径，而一次蛙跳的最大距离是二百光年。隔离带一旦产生，硅基帝国的重型战舰要想进入银河系中心区域，只能以亚光速跨越这五百光年的距离，这样，硅基帝国实际上被禁锢在第一旋臂顶端，再也无法对银河系中心区域的碳基文明构成任何严重威胁。

"我带来了联邦议会的意愿，"参议员用振动的智能场对最高执政官说，"他们仍然强烈建议，在摧毁隔离带中的恒星前，对它们进行生命级别的保护甄别。"

"我理解议会。"最高执政官说，"在这场漫长的战争中，各种生命流出的血足够形成上千颗行星的海洋了，战后，银河系中最迫切需要重建的是对生命的尊重。这种尊重不仅是对碳基生命的，也是对硅基生命的，正是基于这种尊重，碳基联邦才没有彻底消灭硅基文明。但硅基帝国并没有这种对生命的感情，如果说碳硅战争之前，战争和征服对于它们还仅仅是一种本能和乐趣的话，现在这种东西已根植于它们的每个基因和每行代码之中，成为它们生存的终极目的。由于硅基生物对信息的存储和处理能力大大高于我们，可以预测硅基帝国在第一旋臂顶端的恢复和发展将是神速的，所以我们必须在碳基联邦和硅基帝国之间建成足够宽的隔离带。在这种情况下，对隔离带中数以亿计的恒星进行生命级别的保护甄别是不现实的，第一旋臂虽属银河系中最荒凉的区域，但其带有生命行星的恒星数量仍可能达到蛙跳密度，这种密度足以使中型战舰进行蛙跳，而即使只有一艘硅基帝国的中型战舰闯入碳基联邦的疆域，可能造成的破坏也是巨大的。所以在隔离带中只能进行文明级别的甄别。我们不得不牺牲隔离带中某些恒星周围的低级生命，是为了拯救银河系中更多的高级和低级生命。这一点我已向议会说明。"

参议员说："议会也理解您和联邦防御委员会，所以我带来的只是建议而不是立法。但隔离带中周围已形成3C级以上文明的恒星必须被保护。"

"这一点无须质疑，"最高执政官的智能场闪现出坚定的红色，"对隔离带中带有行星的恒星的文明检测将是十分严格的！"

舰队统帅的智能场第一次发出信息："其实我觉得你们多虑了，第一旋臂是银河系中最荒凉的荒漠，那里不会有3C级以上文明的。"

"但愿如此。"最高执政官和参议员同时发出了这个信息，他们智能场的共振使一道弧形的等离子体波纹向银色金属大地的上空扩散开去。

舰队开始了第二次时空跃迁，以近乎无限的速度奔向银河系的第一旋臂。

夜深了，烛光中，全班的娃们围在老师的病床前。

"老师歇着吧，明儿个讲也行的。"一个男娃说。

他艰难地苦笑了一下："明儿个有明儿个的课。"

他想，如果真能拖到明天当然好，那就再讲一堂课。但直觉告诉他怕是不行了。

他做了个手势，一个娃把一块小黑板放到他胸前的被单上，这最后一个月，他就是这样把课讲下来的。他用软弱无力的手接过娃递过来的半截粉笔，吃力地把粉笔头放到黑板上，这时又一阵剧痛袭来，手颤抖了几下，粉笔嗒嗒地在黑板上敲出了几个白点儿。从省城回来后，他再也没去过医院。两个月后，他的肝部疼了起来，他知道

癌细胞已转移到那儿了，这种疼痛越来越厉害，最后变成了压倒一切的痛苦。他一只手在枕头下摸索着，找出了一些止痛片，是最常见的用塑料长条包装的那种。对于癌症晚期的剧疼，这药已经没有任何作用，可能是由于精神暗示，他吃了后总觉得好一些。杜冷丁倒是也不算贵，但医院不让带出来用，就是带回来也没人给他注射。他像往常一样从塑料条上取下两片药来，但想了想，便把所有剩下的12片全剥出来，一把吞了下去，他知道以后再也用不着了。他又挣扎着想向黑板上写字，但头突然偏向一边，一个娃赶紧把盆接到他嘴边，他吐出了一口黑红的血，然后虚弱地靠在枕头上喘息着。

娃们中又传出了低低的抽泣声。

他放弃了在黑板上写字的努力，无力地挥了一下手，让一个娃把黑板拿走。他开始说话，声音如游丝一般。

"今天的课同前两天一样，也是初中的课。这本来不是教学大纲上要求的，我是想到，你们中的大部分人，这一辈子永远也听不到初中的课了，所以我最后讲一讲，也让你们知道稍深一些的学问是什么样子。昨天讲了鲁迅的《狂人日记》，你们肯定不大懂，不管懂不懂都要多看几遍，最好能背下来，等长大了，总会懂的。鲁迅是个很了不起的人,他的书每一个中国人都应该读读的,你们将来也一定找来读读。"

他累了,停下来喘息着歇歇,看着跳动的烛光,鲁迅写下的几段文字在他的脑海中浮现出来。那不是《狂人日记》中的,课本上没有,他是从自己那套本数不全已经翻烂的《鲁迅全集》上读到的,许多年前读第一遍时,那些文字就深深地刻在他脑子里。

"假如一间铁屋子,是绝无窗户而万难破毁的,里面有许多熟睡的人们,不久都要闷死了,然而是从昏睡入死灭,并不感到就死的悲哀。现在你大嚷起来,惊起了较为清醒的几个人,使这不幸的少数者来受无可挽救的临终的苦楚,你倒以为对得起他们么?然而几个人既然起来,你不能说绝没有毁坏这铁屋的希望。"

他用尽最后的力气,接着讲下去。

"今天我们讲初中物理。物理你们以前可能没有听说过,它讲的是物质世界的道理,是一门很深很深的学问。

"这课讲牛顿三定律。牛顿是从前的一个英国大科学家,他说了三句话,这三句话很神的,它把人间天上所有的东西的规律都包括进去了，上到太阳月亮，下到流水刮风，都跑不出这三句话划定的圈圈。用这三句话，可以算出什么时候日食，就是村里老人说的天狗吃太阳，一分一秒都不差的；人飞上月球，也要靠这三句话，这就是牛顿三定律。

"下面讲第一定律：当一个物体没有受到外力作用时，它将保持静止或匀速直线运动不变。"

娃们在烛光中默默地看着他，没有反应。

"就是说，你猛推一下谷场上那个石碾子，它就一直滚下去，滚到天边也不停下来。宝柱你笑什么？是啊，它当然不会那样，这是因为有摩擦力，摩擦力让它停下来，这世界上，没有摩擦力的环境可是没有的……"

是啊，他人生的摩擦力就太大了。在村里他是外姓人，本来就没什么分量，加上他这个偏脾气，这些年来把全村人都得罪下了。他挨家挨户拉人家的娃入学，跑到县里，把跟着爹做买卖的娃拉回来上学，拍着胸脯保证垫学费……这一切并没有赢得多少感激，关键在于，他对过日子的看法同周围人太不一样，成天想的说的，都是些不着边际的事，这是最让人讨厌的。在他查出病来之前，他曾跑县里，居然从教育局跑回一笔维修学校的款子。村子里只拿出了一小部分,想过节请个戏班子唱两天戏,结果让他搅了,愣是从县里拉过个副县长来,让村里把钱拿回来,可当时戏台子都搭好了。学校倒是修了,但他扫了全村人的兴,以后的日子更难过。先是村里的电工、村长的侄子,把学校的电掐了,接着做饭取暖用的秸秆村里也不给了,害得他扔下自个的地下不了种,一人上山打柴,更别提后来拆校舍的房椽子那事了……这些摩擦力无所不在,让他心力交瘁,让他无法做匀速直线运动,他不得不停下来了。

也许,他就要去的那个世界是没有摩擦力的,那里的一切都是光滑可爱的,但那有什么意义?在那边,他心仍留在这个充满灰尘和摩擦力的世界上,留在这所他倾注了全部生命的乡村小学里。他不在了以后,剩下的两个教师也会离去,这所他用力推了一辈子的小学校就会像谷场上那个石碾子一样停下来,他陷入深深的悲哀,但不论在这个世界或是那个世界,他都无力回天。

"牛顿第二定律比较难懂,我们最后讲,下面先讲牛顿第三定律:当一个物体对第二个物体施加一个力,这第二个物体也会对第一个物体施加一个力,这两个力大小相等,方向相反。"

娃们又陷入了长时间的沉默。

"听懂了没？谁说说？"

班上学习最好的赵拉宝说："我知道是啥意思，可总觉得说不通。晌午我和李权贵打架，他把我的脸打得那么痛，肿起来了，所以作用力不相等的，我受的肯定比他大嘛！"

喘息了好一会，他才解释说："你痛是因为你的腮帮子比权贵的拳头软，它们相互的作用力还是相等的……"

他想用手比画一下，但手已抬不起来了，他感到四肢像铁块一样沉，这沉重感很快扩展到全身，他感到自己的躯体像要压塌床板，陷入地下似的。

时间不多了。

"目标编号：1033715，绝对目视星等：3.5，演化阶段：主星序偏上，发现两颗行星，平均轨道半径分别为1.3和4.7个距离单位，在一号行星上发现生命，这是红69012舰报告。"

碳基联邦星际舰队的十万艘战舰目前已散布在一条长一万光年的带状区域中，这就是正在建立的隔离带。工程刚刚开始，只是试验性地摧毁了五千颗恒星，其中带有行星的只有137颗,而行星上有生命的这是第一颗。

"第一旋臂真是个荒凉的地方啊。"最高执政官感叹道。他的智能场振动了一下,用全息图隐去了脚下的旗舰和上方的星空,使他、舰队统帅和参议员悬浮于无际的黑色虚空中。接着,他调出了探测器发回的图像:虚空出现了一个发着蓝光的火球,最高执政官的智能场产生了一个白色的方框,那方框调整大小,圈住了这颗恒星并把它的图像隐去了,他们于是又陷入无边的黑暗之中,但这黑暗中有一个小小的黄色光点,图像的焦距开始大幅度调整,行星的图像以令人目眩的速度推向前来,很快占满了半个虚空,三个人都沉浸在它反射的橙黄色光芒中。

这是一颗被浓密大气包裹着的行星,在它那橙黄色的气体海洋上,汹涌的大气运动描绘出了极端复杂的不断变幻的线条。行星图像继续移向前来,直到占据了整个宇宙,三个人被橙黄色的气体海洋吞没了。探测器带着他们在这浓雾中穿行,很快雾气稀薄了一些,他们看到了这颗行星上的生命。

那是一群在浓密大气上层飘浮的气球状生物,表面有着美丽的花纹,那花纹不停在变幻着色彩和形状,时而呈条纹状,时而呈斑点状,不知这是不是一种可视语言。

每个气球都有一条长尾，那长尾的尾端不时炫目地闪烁一下，光沿着长尾传到气球上，化为一片弥漫的荧光。

"开始四维扫描！"红69012舰上的一名上尉值勤军官说。

一束极细的波束开始从上至下飞快地扫描那群气球。这束波只有几个原子粗细，但它的波管内的空间维度比外部宇宙多一维。扫描数据传回舰上，在主计算机的内存中，那群气球被切成了几亿亿个薄片，每个薄片的厚度只有一个原子的尺度，在这个薄片上，每个夸克的状态都被精确地记录下来。

"开始数据镜像组合！"

主计算机的内存中，那几亿亿个薄片按原有顺序叠加起来，很快，组合成一群虚拟气球，在计算机内部广漠的数字宇宙中，这个行星上的那群生物体有了精确的复制品。

"开始3C级文明测试！"

在数字宇宙中，计算机敏锐地定位了气球的思维器官，它是悬在气球内部错综复杂的神经丛中间的一个椭圆体。计算机在瞬间分析了这个大脑的结构，并越过所有低级感官，直接同它建立了高速信息接口。

文明测试是从一个庞大的数据库中任意地选取试题,测试对象如果能答对其中三道,则测试通过;如果头三道题没有答对,测试者有两种选择:可以认为测试没有通过,或者继续测试,题数不限,直到被测试者答对的题数达到三道,这时可认为其通过测试。

"3C文明测试试题1号:请叙述你们已探知的组成物质的最小单元。"

"嘀嘀,嘟嘟嘟,嘀嘀嘀嘀。"气球回答。

"1号试题测试未通过。3C文明测试试题2号:你们观察到物体中热能的流向有什么特点? 这种流向是否可逆?"

"嘟嘟嘟,嘀嘀,嘀嘀嘟嘟。"气球回答。

"2号试题测试未通过。3C文明测试试题3号:圆的周长和它的直径之比是多少?"

"嘀嘀嘀嘀嘟嘟嘟嘟嘟。"气球回答。

"3号试题测试未通过。3C文明测试试题4号……"

"到此为止吧,"当测试题数达到10道时,最高执政官说,"我们时间不多。"他转身对旁边的舰队统帅示意了一下。

"发射奇点炸弹!"舰队统帅命令。

奇点炸弹实际上是没有大小的，它是一个严格意义上的几何点，一个原子同它相比都是无穷大，虽然最大的奇点炸弹质量有上百亿吨，最小的也有几千万吨。但当一颗奇点炸弹沿着长长的导轨从红69012舰的武器舱中滑出时，却可以看到一个直径达几百米的发着幽幽荧光的球体，这荧光是周围的太空尘埃被吸入这个微型黑洞时产生的辐射。同那些恒星引力坍缩形成的黑洞不同，这些小黑洞在宇宙创世之初就形成了，它们是大爆炸前的奇点宇宙的微缩模型。碳基联邦和硅基帝国都有庞大的船队，游弋在银河系银道面外的黑暗荒漠搜集这些微型黑洞，一些海洋行星上的种群把它们戏称为"远洋捕鱼船队"，而这些船队带回的东西，是银河系中最具威慑力的武器之一，是迄今为止唯一能够摧毁恒星的武器。

奇点炸弹脱离导轨后，沿一条由母舰发出的力场束加速，直奔目标恒星。过了不长的一段时间，这颗灰尘似的黑洞高速射入了恒星表面火的海洋。想象在太平洋的中部突然出现一个半径一百公里的深井，就可以大概把握这时的情形。巨量的恒星物质开始被吸入黑洞，那汹涌的物质洪流从所有方向会聚到一点并消失在那里，物质吸入时产生的辐射在恒星表面产生一团刺目的光球，仿佛恒星戴上了一个光彩夺目的钻石戒指。随着黑洞向恒星内部沉下去，光团暗淡下来，可以看到它处于一个直径达几百万公里的大旋涡正中，那巨大的旋涡散射着光团的强光，缓缓转动着，呈现出飞速变幻的色彩，使恒星从这个方向看去仿佛是一张狰狞的巨脸。很快，光团消失了，旋涡渐渐消失，恒星表面似乎又恢复了它原来的色彩和光度。但这只是毁灭前最后的平静，随着黑洞向恒星中心下沉，这个贪婪的饕餮者更疯狂地吞食周围密度急剧增高的物质，它在一秒钟内吸入的恒星物质总量可能有上百个中等行星。黑洞巨量吸入时产生的超强辐射向恒星表面蔓延，由于恒星物质的阻滞，只有一小部分到达了表面，但其余的辐射把它们的能量留在了恒星内部，这能量快速破坏着恒星的每一个细胞，从整体上把它飞快地拉离平衡态。从外部看，恒星的色彩在缓缓变化，由浅红色变为明黄色，从明黄色变为鲜艳的绿色，从绿色变为如洗的碧蓝，从碧蓝变为恐怖的紫色。这时，在恒星中心的黑洞产生的辐射能已远远大于恒星本身辐射的能量，随着更多的能量以非可见光形式溢出恒星，这紫色在加深，这颗恒星看上去像太空中一个在忍受着超级痛苦的灵魂，这痛苦在急剧增大，紫色已深到了极限，这颗恒星用不到一个小时的时间走完了它未来几十亿年的旅程。

　　一团似乎吞没整个宇宙的强光闪起，然后慢慢消失，在原来恒星所在的位置上，可以看到一个急剧膨胀的薄球层，像一个被吹大的气球，这是被炸飞的恒星表面。随着薄球层体积的增大，它变得透明了，可以看到它内部的第二个膨胀的薄球层，然后又可以看到更深处的第三个薄球层……这个爆炸中的恒星，就像宇宙中突然显现的一个套一个的一组玲珑剔透的镂花玻璃球，其中最深处的一个薄球层的体积也是恒星原来体积的几十万倍。当爆炸的恒星的第一层膨胀外壳穿过那个橙黄色行星时，它立刻被气化了。其实在这整个爆炸的壮丽场景中根本就看不到它，同那膨胀的恒星外壳相比，它只是一粒微不足道的灰尘，其大小甚至不能成为那几层镂花玻璃球上的一个小点。

　　"你们感到消沉？"舰队统帅问，他看到最高执政官和参议员的智能场暗下来了。

　　"又一个生命世界毁灭了，像烈日下的露珠。"

　　"那您就想想伟大的第二旋臂战役，当两千多颗超新星被引爆时，有十二万个这样的世界同碳硅双方的舰队一起化为蒸气。阁下，时至今日，我们应该超越这种无谓的多愁善感了。"

参议员没有理会舰队统帅的话，也对最高执政官说："这种对行星表面取随机点的检测方式是不可靠的，可能漏掉行星表面的文明特征，我们应该进行面积检测。"

最高执政官说："这一点我也同议会讨论过，在隔离带中我们要摧毁的恒星有上亿颗，这其中估计有一千万个行星系，行星数量可能达五千万颗，我们时间紧迫，对每颗行星都进行面积检测是不现实的。我们只能尽量加宽检测波束，以增大随机点覆盖的面积，除此之外，只能祈祷隔离带中那些可能存在的文明在其星球表面的分布尽量均匀了。"

"下面我们讲牛顿第二定律……"

他心急如焚，极力想在有限的时间里给娃们多讲一些。

"一个物体的加速度，与它所受的力成正比，与它的质量成反比。首先，加速度，这是速度随时间的变化率，它与速度是不同的，速度大加速度不一定大，加速度大速度也不一定大。比如一个物体现在的速度是110米每秒，2秒后的速度是120米每秒，那么它的加速度就是120减110除以2.5米每秒,呵,不对,5米每秒的平方;另一个物体现在的速度是10米每秒,2秒后的速度是30米每秒,那么它的加速度就是30减10除以2,10米每秒平方。看,后面这个物体虽然速度小,但加速度大!呵,刚才说到平方,平方就是一个数自个儿乘自个……"

他惊奇自己的头脑如此清晰,思维如此敏捷,他知道,自己生命的蜡烛已燃到根上,棉芯倒下了,把最后的一小块蜡全部引燃了,一团比以前的烛苗亮十倍的火焰熊熊燃烧起来。剧痛消失了,身体也不再沉重,其实他已感觉不到身体的存在,他的全部生命似乎只剩下那个在疯狂运行的大脑,那个悬在空中的大脑竭尽全力,尽量多尽量快地把自己存储的信息输出给周围的娃们,但说话是个该死的瓶颈,他知道来不及了。他产生了一个幻象:一把水晶样的斧子把自己的大脑无声地劈开,他一生中积累的那些知识,虽不是很多但他很看重的,像一把发光的小珠子毫无保留地落在地上,发出一阵悦耳的叮当声,娃们像见到过年的糖果一样抢那些小珠子,抢得摞成一堆……这幻象让他有一种幸福的感觉。

"你们听懂了没?"他焦急地问,他的眼睛已经看不到周围的娃们，但还能听到他们的声音。

"我们懂了！老师快歇着吧！"

他感觉到那团最后的火焰在弱下去："我知道你们不懂，但你们把它背下来，以后慢慢会懂的。一个物体的加速度，与它所受的力成正比，与它的质量成反比。"

"老师，我们真懂了，求求你快歇着吧！"

他用尽最后的力气喊道："背呀！"

娃们抽泣着背了起来："一个物体的加速度，与它所受的力成正比，与它的质量成反比。一个物体的加速度，与它所受的力成正比，与它的质量成反比……"

这几百年前就在欧洲化为尘土的卓越头脑产生的思想，以浓重西北方言的童音在二十世纪中国最偏僻的山村中回荡。就在这声音中，那烛苗灭了。

娃们围着老师已没有生命的躯体大哭起来。

"目标编号：500921473，绝对目视星等：4.71，演化阶段：主星序正中，带有九颗行星。这是蓝84210号舰报告。"

"一个精致完美的行星系。"舰队统帅赞叹。

最高执政官很有同感："是的，它的固态小体积行星和气液态大体积行星的配置很有韵律感，小行星带的位置恰到好处,像一条美妙的装饰链。还有最外侧那颗小小的甲烷冰行星,似乎是这首音乐最后一个余音未尽的音符,暗示着某种新周期的开始。"

"这是蓝84210号舰,将对最内侧1号行星进行生命检测,检测波束发射。该行星没有大气,自转缓慢,温差悬殊。1号随机点检测,白色结果;2号随机点检测,白色结果……10号随机点检测,白色结果。蓝84210号舰报告,该行星没有生命。"

舰队统帅不以为然地说:"这颗行星的表面温度可以当冶炼炉了,没必要浪费时间。"

"开始2号行星生命检测,波束发射。该行星有稠密大气,表面温度较高且均匀,大部为酸性云层覆盖。1号随机点检测,白色结果;2号随机点检测,白色结果……10号随机点检测,白色结果。蓝84210号舰报告,该行星没有生命。"

通过四维通讯,最高执政官对一千光年之外蓝84210号舰上的值勤军官说:"直觉告诉我,3号行星有生命的可能性很大,在它上面检测30个随机点。"

"阁下,我们时间很紧了。"舰队统帅说。

"照我说的做。"最高执政官坚定地说。

"是，阁下。开始3号行星生命检测，波束发射。该行星有中等密度的大气，表面大部为海洋覆盖……"

来自太空的生命检测波束落到了亚洲大陆靠南一些的一点上，波束在地面上形成了一个约五千米的圆形。如果是在白天，用肉眼有可能觉察到波束的存在，因为当波束到达时，在它的覆盖范围内，一切无生命的物体都将变成透明状态。现在它覆盖的中国西北的这片山区，那些黄土山在观察者的眼里将如同水晶的山脉，阳光在这些山脉中折射，将是一幅十分奇异壮观的景象，观察者还会看到脚下的大地也变成深不可测的深渊。而被波束判断为有生命的物体则保持原状态不变，人、树木和草在这水晶世界中显得格外清晰醒目。但这效应只持续半秒钟，这期间检测波束完成初始化，之后一切恢复原状。观察者肯定会认为自己产生了一瞬间的幻觉。而现在，这里正是深夜，自然难以觉察到什么了。

这所山村小学，正好位于检测波束圆形覆盖区的圆心上。

"1号随机点检测，结果……绿色结果，绿色结果！蓝

84210 号舰报告,目标编号500921473,第3号行星发现生命!"

检测波束对覆盖范围内的众多种类生命体进行分类，在以生命结构的复杂度和初步估计的智能等级进行排序的数据库中，在一个方形掩蔽物下的那一簇生命体排在首位。于是波束迅速收缩，会聚到那座掩蔽物上。

最高执政官的智能场接收到从蓝84210号舰上发回的图像，并把它放大到整个太空背景上,那所山村小学的影像在瞬间占据了整个宇宙。图像处理系统已经隐去了掩蔽物,但那簇生命体的图像仍不清晰,这些生命体的外形太不醒目了，几乎同周围行星表面的以硅元素为主的黄色土壤融为一体。计算机只好把图像中所有的无生命部分，包括这些生命体中间的那具体形较大的已没有生命的躯体,全部隐去,这样那一簇生命体就仿佛悬浮在虚空之中，即使如此，它们看上去仍是那么平淡和缺乏色彩，像一簇黄色的植物,一看就知是那种在他们身上不会发生任何奇迹的生物。

一束纤细的四维波束从蓝84210号舰发射,这艘有一个月球大小的星际战舰正停泊在木星轨道之外，使太阳系暂时多了一颗行星。那束四维波束在三维太空中以接近无限的速度到达地球,穿过那所乡村小学校舍的屋顶,以基本粒子的精度对这十八个孩子进行扫描。数据的洪流以人类难以想象的速率传回太空,很快,在蓝84210号舰主计算机那比宇宙更广阔的内存中,孩子们的数字复制体形成了。

十八个孩子悬浮在一个无际的空间里,那空间呈一种无法形容的色彩,实际上那不是色彩,虚无是没有色彩的,虚无是透明中的透明。孩子们都不由想拉住旁边的伙伴,他们看上去很正常,但手从他们身体里毫无阻力地穿过去了。孩子们感到了难以形容的恐惧。计算机觉察到了这一点,它认为这些生命体需要一些熟悉的东西,于是在自己的内存宇宙的这一部分模拟这个行星天空的颜色。孩子们立刻看到了蓝天,没有太阳没有云更没有浮尘,只有蓝色,那么纯净,那么深邃。孩子们的脚下没有大地,也是与头顶一样的蓝天,他们似乎置身于一个无限的蓝色宇宙中,而他们是这宇宙中唯一的实体。计算机感觉到,这些数字生命体仍然处于惊恐中,它用了亿分之一秒想了想,终于明白了:银河系中大多数生命体并不惧怕悬浮于虚空之中,但这些生命体不同,他们是大地上的生物。于是它给了孩子们一个大地,并给了他们重力感。孩子们惊奇地看着脚下突然出现的大地，它是纯白色的，上面有黑线划出的整齐方格，他们仿佛站在一个无限广阔的语文作业本上。他们中有人蹲下来摸摸地面，这是他们见过的最光滑的东西，他们迈开双脚走，但原地不动，这地面是绝对光滑的，摩擦力为零，他们很惊奇自己为什么不会滑倒。这时有个孩子脱下自己的一只鞋子，沿着地面扔出去，那鞋子以匀速直线运行向前滑去，孩子们呆呆地看着它以恒定的速度渐渐远去。

他们看到了牛顿第一定律。

有一个声音，空灵而悠扬，在这数字宇宙中回荡。

"开始3C级文明测试，3C文明测试试题1号：请叙述你所在星球生物进化的基本原理，是自然淘汰型还是基因突变型？"

孩子茫然地沉默着。

"3C文明测试试题2号：请简要说明恒星能量的来源。"

孩子茫然地沉默着。

……

"3C文明测试试题10号：请说明构成你们星球上海洋的液体的分子构成。"

孩子仍然茫然地沉默着。

那只鞋在遥远的地平线处变成一个小黑点消失了。

"到此为止吧！"在一千光年之外，舰队统帅对最高执政官说，"不能再耽误时间了，否则我们肯定不能按时完成第一阶段的任务。"

最高执政官的智能场发出了微弱的表示同意的振动。

"发射奇点炸弹！"

载有命令信息的波束越过四维空间，瞬间到达了停泊在太阳系中的蓝84210号舰。那个发着幽幽荧光的雾球滑出了战舰前方长长的导轨，沿着看不见的力场束急剧加速，向太阳扑去。

最高执政官、参议员和舰队统帅把注意力转向了隔离带的其他区域，那里，又发现了几个有生命的行星系，但其中最高级的生命是一种生活在泥浆中的无脑蠕虫。接连爆炸的恒星象宇宙中怒放的焰火，使他们想起了史诗般的第二旋臂战役。

不知过了多长时间，最高执政官智能场的一小部分下意识地游移到太阳系，他听到了蓝84210号舰舰长的声音：

"准备脱离爆炸威力圈，时空跃迁准备，三十秒倒数！"

"等一下，奇点炸弹到达目标还需多长时间？"最高执政官说，舰队统帅和参议员的注意力也被吸引过来。

"它正越过内侧1号行星的轨道，大约还有十分钟。"

"用五分钟时间，再进行一些测试吧。"

"是，阁下。"

接着听到了蓝84210号舰值勤军官的声音："3C文明测试试题11号：一个三维平面上的直角三角形，它的三条边的关系是什么？"

沉默。

"3C文明测试试题12号：你们的星球是你们行星系的第几颗行星？"

沉默。

"这没有意义，阁下。"舰队统帅说。

"3C文明测试试题13号：当一个物体没有受到外力作用时，它的运行状态如何？"

数字宇宙广漠的蓝色空间中突然响起了孩子们清脆的声音："当一个物体没有受到外力作用时，它将保持静止或匀速直线运动不变。"

"3C文明测试试题13号通过！3C文明测试试题14号……"

"等等！"参议员打断了值勤军官，"下一道试题也是关于甚低速力学基本近似定律的。"他又问最高执政官，"这不违反测试准则吧。"

"当然不，只要是测试数据库中的试题。"舰队统帅代为回答。这些令他大感意外的生命体把他的注意力全部吸引过来了。

"3C文明测试试题14号：请叙述相互作用的两个物体间力的关系。"

孩子们说："当一个物体对第二个物体施加一个力，这第二个物体也会对第一个物体施加一个力，这两个力大小相等，方向相反！"

"3C文明测试试题14号通过！3C文明测试试题15号：对于一个物体，请说明它的质量、所受外力和加速度之间的关系。"

孩子们齐声说："一个物体的加速度，与它所受的力成正比，与它的质量成反比！"

"3C文明测试试题15号通过，文明测试通过！确定目标恒星500921473的3号行星上存在3C级文明。"

"奇点炸弹转向！脱离目标！！"最高执政官的智能场急剧闪动着，用最大的能量把命令通过超空间传送到蓝84210号舰上。

在太阳系，推送奇点炸弹的力场束弯曲了，这根长几亿公里的力场束此时像一根弓起的长杆，努力把奇点炸弹挑离射向太阳的轨道。蓝84210号舰上的力场发动机以最大功率工作，巨大的散热片由暗红变为耀眼的白炽色。力场束向外的推力分量开始显示出效果，奇点炸弹的轨道开始弯曲，但它已越过水星轨道，距太阳太近了，谁也不知道这努力是否能成功。通过超空间直播，全银河系都在盯着那个模糊的雾团的轨迹，并看到它的亮度急剧增大，这是一个可怕的迹象，说明炸弹已能感受到太阳外围空间粒子密度的增大。舰长的手已放到了那个红色的时空跃迁启动按钮上，以在奇点炸弹击中太阳前的一刹那脱离这个空间。但奇点炸弹最终像一颗子弹一样擦过太阳的边缘，当它以仅几万米的高度掠过太阳表面上空时，由于黑洞吸入太阳大气中大量的物质，亮度增到最大，使得太阳边缘出现了一个刺眼的蓝白色光球，使它在这一刻看上去像一个紧密的双星系统，这奇观对人类将一直是个难解的谜。蓝白色光球飞速掠过时，下面太阳浩瀚的火海黯然失色。像一艘快艇掠过平静的水面,黑洞的引力在太阳表面划出了一道V形的划痕,这划痕扩展到太阳的整个半球才消失。奇点炸弹撞断了一条日珥,这条从太阳表面升起的百万公里长的美丽轻纱在高速冲击下,碎成一群欢快舞蹈着的小小的等离子体旋涡……奇点炸弹掠过太阳后,亮度很快暗下来,最后消失在茫茫太空的永恒之夜中。

"我们险些毁灭了一个碳基文明。"参议员长出一口气说。

"真是不可思议,在这么荒凉的地方竟会存在3C级文明!"舰队统帅感叹说。

"是啊,无论是碳基联邦,还是硅基帝国,其文明扩展和培植计划都不包括这一区域,如果这是一个自己进化的文明,那可是一件很不寻常的事。"最高执政官说。

"蓝84210号舰,你们继续留在那个行星系,对3号行星进行全表面文明检测,你舰前面的任务将由其他舰只接替。"舰队司令命令道。

同他们在木星轨道之外的数字复制品不一样,山村小学中的那些娃们丝毫没有觉察到什么,在那间校舍里的烛光下,他们只是围着老师的遗体哭啊哭。不知哭了多长时间,娃们最后安静下来。

"咱们去村里告诉大人吧。"郭翠花抽泣着说。

"那又咋的?"刘宝柱低着头说,"老师活着时村里的人都腻歪他,这会儿肯定连棺材钱都没人给他出呢!"

最后,娃们决定自己掩埋自己的老师。他们拿了锄头铁锹,在学校旁边的山地上开始挖墓坑,灿烂的群星在整个宇宙中静静地看着他们。

"天啊!这颗行星上的文明不是3C级,是5B级!!"看着蓝84210号舰从一千光年之外发回的检测报告,参议员惊呼起来。

人类城市的摩天大楼群的影像在旗舰上方的太空中显现。

"他们已经开始使用核能,并用化学推进方式进入太空,甚至已登上了他们所在行星的卫星。"

"他们基本特征是什么?"舰队统帅问。

"您想知道哪些方面?"蓝84210号上的值勤军官问。

"比如,这个行星上生命体记忆遗传的等级是多少?"

"他们没有记忆遗传,所有记忆都是后天取得的。"

"那么，他们的个体相互之间的信息交流方式是什么？"

"极其原始,也十分罕见。他们身体内有一种很薄的器官，这种器官在这个行星以氧氮为主的大气中振动时可产生声波,同时把要传输的信息调制到声波之中,接收方也用一种薄膜器官从声波中接收信息。"

"这种方式信息传输的速率是多大？"

"大约每秒1至10比特。"

"什么?!"旗舰上听到这话的所有人都大笑起来。

"真的是每秒1至10比特,我们开始也不相信,但反复核实过。"

"上尉,你是个白痴吗?!"舰队统帅大怒,"你是想告诉我们，一种没有记忆遗传,相互间用声波进行信息交流,并且是以令人难以置信的每秒1至10比特的速率进行交流的物种,能创造出5B级文明?! 而且这种文明是在没有任何外部高级文明培植的情况下自行进化的?！"

"但,阁下,确实如此。"

"但在这种状态下,这个物种根本不可能在每代之间积累和传递知识,而这是文明进化所必需的!"

"他们有一种个体,有一定数量,分布于这个种群的各个角落，这类个体充当两代生命体之间知识传递的媒介。"

"听起来像神话。"

"不，"参议员说，"在银河文明的太古时代，确实有过这个概念，但即使在那时也极其罕见，除了我们这些星系文明进化史的专业研究者，很少有人知道。"

"你是说那种在两代生命体之间传递知识的个体？"

"他们叫教师。"

"教——师？"

"一个早已消失的太古文明词汇，很生僻，在一般的古词汇数据库中都查不到。"

这时，从太阳系发回的全息影像焦距拉长，显示出蔚蓝色的地球在太空中缓缓转动。

最高执政官说："在银河系联邦时代，独立进化的文明十分罕见，能进化到5B级的更是绝无仅有，我们应该让这个文明继续不受干扰地进化下去，对它的观察和研究，不仅有助于我们对太古文明的研究，对今天的银河文明也有启示。"

"那就让蓝84210号舰立刻离开那个行星系吧，并把这颗恒星周围一百光年的范围列为禁航区。"舰队统帅说。

北半球失眠的人，会看到星空突然微微抖动，那抖动从空中的一点发出，呈圆形向整个星空扩展，仿佛星空是一汪静水，有人用手指在水中央点了一下似的。

蓝84210号舰跃迁时产生的时空激波到达地球时已大大衰减，只使地球上所有的时钟都快了3秒，但在三维空间中的人类是不可能觉察到这一效应的。

"很遗憾，"最高执政官说，"如果没有高级文明的培植，他们还要在亚光速和三维时空中被禁锢两千年，至少还需一千年时间才能掌握和使用湮灭能量，两千年后才能通过多维时空进行通讯。至于通过超空间跃迁进行宇宙航行，可能是五千年后的事了；至少要一万年，他们才具备加入银河系碳基文明大家庭的起码条件。"

参议员说："文明的这种孤独进化，是银河系太古时代才有的事。如果那古老的记载正确，我那太古的祖先生活在一个海洋行星的深海中。在那黑暗世界中的无数个王朝后，一个庞大的探险计划开始了，他们发射了第一个外空飞船，那是一个透明浮力小球，经过漫长的路程浮上海面。

当时正是深夜,小球中的先祖第一次看到了星空……你们能够想象,那对他们是怎样的壮丽和神秘啊!"

最高执政官说:"那是一个让人向往的时代,一粒灰尘样的行星对先祖都是一个无限广阔的世界,在那绿色的海洋和紫色的草原上,先祖敬畏地面对群星……这感觉我们已丢失千万年了。"

"可我现在又找回了它!"参议员指着地球的影像说,她那蓝色的晶莹球体上浮动着雪白的云纹,他觉得她真像一种来自他祖先星球海洋中的一种美丽的珍珠,"看这个小小的世界,她上面的生命体在过着自己的生活,做着自己的梦,对我们的存在,对银河系中的战争和毁灭全然不知,宇宙对他们来说,是希望和梦想的无限源泉,这真像一首来自太古时代的歌谣。"

他真的吟唱了起来,他们三人的智能场合为一体,荡漾着玫瑰色的波纹。那从遥远得无法想象的太古时代传下来的歌谣听起来悠远、神秘、苍凉,通过超空间,它传遍了整个银河系,在这团由上千亿颗恒星组成的星云中,数不清的生命感到了一种久已消失的温馨和宁静。

"宇宙的最不可理解之处在于它是可以理解的。"最高执政官说。

"宇宙的最可理解之处在于它是不可理解的。"参议员说。

当娃们造好那座新坟时,东方已经放亮了。老师是放在从教室拆下来的一块门板上下葬的,陪他入土的是两盒粉笔和一套已翻破的小学课本。娃们在那个小小的坟头上立了一块石板,上面用粉笔写着"李老师之墓"。

只要一场雨,石板上那稚拙的字迹就会消失;用不了多长时间,这座坟和长眠在里面的人就会被外面的世界忘得干干净净。

太阳从山后露出一角,把一抹金晖投进仍沉睡着的山村;在仍处于阴影中的山谷草地上,露珠在闪着晶莹的光,可听到一两声怯生生的鸟鸣。

娃们沿着小路向村里走去,那一群小小的身影很快消失在山谷中淡蓝色的晨雾中。

他们将活下去,在这块古老贫瘠的土地上,收获虽然微薄,但确实存在希望。

图书在版编目（CIP）数据

中国太阳 / 刘慈欣著. -- 武汉：长江文艺出版社，
2023.3
（中篇小说经典系列）
ISBN 978-7-5702-2792-1

Ⅰ.①中… Ⅱ.①刘… Ⅲ.①幻想小说－小说集－中
国－当代 Ⅳ.①I247.5

中国版本图书馆 CIP 数据核字(2022)第 122595 号

中国太阳
ZHONGGUO TAIYANG

责任编辑：田敦国　　　　　　　　责任校对：毛季慧
封面设计：璞茜设计　　　　　　　　责任印制：邱　莉　　王光兴

出版　长江出版传媒　长江文艺出版社
地址：武汉市雄楚大街 268 号　　　　邮编：430070
发行：长江文艺出版社
http://www.cjlap.com
印刷：湖北新华印务有限公司

开本：880 毫米×1230 毫米　　1/32　印张：5.375　　插页：1 页
版次：2023 年 3 月第 1 版　　　2023 年 3 月第 1 次印刷
字数：80 千字

定价：28.00 元
